KB095082

십이천문

十二天門

십이천문 11

허담 新무협 판타지 소설

초판 1쇄 찍은 날 § 2019년 8월 12일
초판 1쇄 펴낸 날 § 2019년 8월 19일

지은이 § 허담
펴낸이 § 서경석

총괄팀장 § 노종아
편집책임 § 김경민

펴낸곳 § 도서출판 청어람
등록번호 § 제387-1999-000006호
등록일자 § 1999. 5. 31
어람번호 § 제2-2805호

주소 § 경기도 부천시 부일로 483번길 40 서경B/D 3F (우) 14640
전화 § 032-656-4452 팩스 § 032-656-4453
http://www.chungeoram.com
E-mail § chungeorambook@daum.net

ⓒ 허담, 2018

ISBN 979-11-04-92038-7 04810
ISBN 979-11-04-91872-8 (세트)

※ 파본은 구입하신 서점에서 교환하여 드립니다.
※ 저자와 협의하여 인지를 붙이지 않습니다.
※ 이 책은 도서출판 청어람과 저작자의 계약에 의해 출판된 것이므로,
   무단 전재 및 유포·공유를 금합니다.

도서출판 청어람
십이천문
十二天門
11
마천의 후계자
담 新무협 판타지 소설
NTASTIC ORIENTAL HEROES

십이천문

十二天門

目次

제1장
혼마 창

어색한 며칠이 지나갔다.

마치 감당할 수 없는 보물을 얻은 사람들처럼, 십이천문의 고수들은 천화산 비룡벽의 작은 장원에 틀어박혀 아무런 일도 하지 않고 시간을 보내고 있었다.

치밀한 계획 끝에 이룬 성과가 눈앞에 있었다. 그러나 노력의 결과물이 실감이 나지 않았다.

마치 하늘에서 뚝 떨어진 보물 같았다.

혼마 창은 그렇게 십이천문 고수들조차도 감당하기 어려운 대마두였던 것이다.

십이천문의 고수들에게는 자신을 마맹의 맹주이자, 스스로 하늘이라 칭하는 절대삼천의 일인인 혼마 창을 실제로 사로잡았다는 것을 이성적으로 받아들일 시간이 필요했다.

다행히 나왕이나 사송은 노련한 고수들이라 며칠이 지나자 현실을 받아들였다.

그즈음부터 그들은 이 특별한 인물을 어떻게 이용할 것인지에 대한 실질적인 고민을 하기 시작했다.

"크크크……."

혼마 창은 십이천문의 고수들이 만든 지하 뇌옥에 갇힌 순간부터 분노와 절망의 신음 소리를 끊이지 않고 토해냈다.

뇌옥은 비룡벽 후면, 자연적으로 생긴 동굴을 좀 더 깊게 파서 만들었는데 당연히 사송의 솜씨였다.

어렵게 구해온 강철로 뇌옥을 만들었고, 동굴 입구는 웬만한 고수가 아니면 움직일 수 없는 거대한 바위가 막고 있었다.

툭!

괴상한 소리를 내뱉고 있는 혼마 창 앞에 건량이 떨어졌다.

그러자 두 다리에 무거운 쇠줄을 묶고 있는 혼마 창이 고개를 들었다.

"정신이 좀 드쇼?"

혼마 창에게 건량을 던져준 사람은 사송이었다.

삐딱한 사송의 말에 혼마 창의 눈에서 광인이 쏘아내는 듯한 분노의 빛이 흘러나왔다.

"어이구, 그 지경이 되고도 눈빛은 살아 있네. 이거 무서워서……."

"이… 놈들……."

혼마 창이 이를 갈았다.

그러자 사송이 갑자기 빙그레 미소를 지었다.

"흐흐, 분노하시오. 할 수 있는 만큼. 그럴수록 나야 좋지. 당신의 심장이 그 분노로 타들어가 스스로 지옥을 만든다면 나의 복수는 그만큼 완벽해지는 것이니까."

"대체 내게 무슨 원한이 있는 거냐?"

혼마 창이 물었다.

그는 아직까지 자신을 이 지경으로 만든 사람들의 정체를 모르고 있었다.

두 팔이 잘리고, 단전은 완전히 파괴되었다.

이젠 풀려난다 해도 무림인은커녕 보통 사람 구실도 할 수 없었다.

물론 그의 힘이 몸이 아닌 머리에서 나오는 것이라 해도, 두 손이 없고 사지의 힘줄이 잘린 사람이 할 수 있는 일은 그리 많지 않았다.

"지금 말해줄 수도 있지만 본 문에서 아직 당신을 어떻게 할지 결정하지 않았으니 다음에 다시 이야기합시다. 운이 좋으면 당신이 살 수도 있을지 모르니까."

"본 문……? 결국 어떤 문파에 속한 자들이란 뜻이구나."

"그럼 그냥 사람 사냥이나 하는 떠돌이들인 줄 알았소?"

사송이 퉁명스럽게 대답했다.

"대체 어느 문파 놈들이냐?"

혼마 창이 소리쳤다.

"글쎄, 그건 내일 알려준다니까. 자자, 손이 없어서 먹기 힘들겠지만 그래도 좀 먹어두시오. 살려면 어떻게든 먹어야 하니까.

그럼 내일 봅시다."

사송이 위로하듯 말을 던져놓고는 미련 없이 몸을 돌려 뇌옥을 떠났다.

"이놈… 당장 멈춰라! 이 죽일 놈!"

혼마 창이 사송의 등에 대고 고함을 쳤다.

"내일 봅시다."

사송은 자신에게 욕설을 퍼부어대는 혼마 창에게 손을 한 번 흔들어 보이고는 뇌옥을 완전히 벗어났다.

"크아아!"

거대한 바위로 닫아둔 동굴의 입구까지 은은한 혼마 창의 절규가 들려왔다.

"제길, 이젠 정말 죽이든 살리든 결정을 해야 할 것 같군. 저 놈의 고함 소리가 듣기 싫어지네."

사송이 인상을 찌푸리며 중얼거렸다.

*   *   *

오랜만에 십이천문의 문도들이 한 장소에 모였다.

모두들 표정이 밝지 않았다. 유일하게 평정심을 유지하는 사람은 나왕과 사송 정도인 듯 보였다.

"아, 얼굴들이 왜 이래? 큰일을 끝냈는데?"

사송이 일부러 농을 해 사람들의 긴장을 풀려 했다.

"그자는 어떻게 할 거예요? 왜 아직 살려두는 거죠?"

유왕 서리가 사송과 나왕을 번갈아 보며 물었다.

혼마 창을 사로잡았을 때부터 유왕 서리는 그를 죽이기를 원했다.

그는 십이지방의 멸문을 가져온 혈월야의 원흉이다. 그로 인해 형제와 같던 십이지방 영웅들이 죽었고, 그들의 복수를 위해 유왕 서리 자신도 수십 년간 무림의 어둠을 헤맸다.

그러니 그를 잡았으면 당연히 목을 베어 죽은 십이지방 형제들의 넋을 위로해야 했다.

그런데 불사 나왕과 사송은 혼마 창을 죽이는 대신 뇌옥에 가둬두었다.

그렇다고 매일 찾아가 고문을 해 화를 푸는 것도 아니었다. 때에 맞춰 먹을 것을 주었고, 죽음에 이를 부상도 치료했다.

혼마 창은 단지 갇혀 있을 뿐 어떤 고통도 받지 않았다. 물론 갇혀 있는 자체가 그에게는 견딜 수 없는 고통일 테지만.

유왕 서리로선 그런 두 사람의 결정에 동의할 수 없었다.

아마 두 사람의 진지한 당부가 아니었다면 그녀 자신이 혼마 창을 베었을 것이다.

"그는… 아직 죽을 수 없어."

사송이 무겁게 말했다.

"왜요? 그를 죽이면 혈월야의 복수는 일단락되는 거잖아요?"

"그런 정도면 복수는 이미 끝났지. 그의 두 팔을 베고, 단전을 파괴했으니까. 죽이는 것보다 그대로 강호에 내놓으면 더 비참한 최후를 맞을걸?"

"그럼 그렇게 하든지요."

유왕 서리가 차갑게 말했다.

"그럴 수 없지. 그런 그라도 아직은 쓸모가 있으니까."

"뭘 하려고요?"

유왕 서리가 물었다.

그런데 그 순간 불사 나왕이 두 사람의 대화에 끼어들었다.

"이젠 복수 이후의 일, 우리 십이천문과 형제들의 안위를 생각할 때요."

나왕의 말에 유왕 서리가 시선을 나왕에게 돌렸다.

"우리의 안위요?"

"그렇소. 그가 사라진 것을 다른 이천(二天)이 알면, 그들은 자신들의 놀이에 문제가 생겼음을 알게 될 거요. 그럼 당연히 우리 십이천문도 의심의 대상에 포함될 것이오. 삼천의 일을 알고 있는 사람들은 강호에 우리밖에 없으니. 또 마천에 대한 원한도 있고……."

"그야 이미 각오했던 것 아닌가요?"

애초에 마천을 잡으려 했을 때부터 향후 다른 절대삼천과의 싸움은 각오한 바 있었다.

꼭 마천의 일이 아니더라도 이미 천산에서 밀천과 적지 않은 은원을 맺은 십이천문이었다.

"그러니까. 어차피 해야 할 싸움이라면 마천 그자를 이용할 방법을 고민해 보자는 거지."

사송이 말했다.

"도움이 된다면야 당연히 그래야죠. 그런데 그자가 과연 우리에게 도움이 되겠어요? 지금도 다른 이천의 정체를 말하지 않고 있잖아요."

그동안 십이천문의 고수들이 혼마 창에게서 가장 알아내고 싶었던 것은 다른 이천의 정체였다.

사실 이들에게 마맹의 구조나 마도의 향후 계획 같은 것은 큰 관심이 없었다. 십이천문에 중요한 것은 다른 이천의 정체였다.

그러나 혼마 창은 이천의 정체를 말하지 않았다.

이천의 정체조차 말하지 않는 자가 절대삼천 나머지 두 사람과의 싸움에서 십이천문을 도울 리 없었다.

"그래서 고민인 거지. 고문을 한다고 입을 열 자는 아니니까."

사송이 얼굴을 찌푸렸다.

혼마 창은 후금과는 다른 자다.

스스로 하늘임을 자부한 자. 고문으로 입을 열게 하거나 굴복시킬 수 있는 인물이 아니었다.

"이간계를 씁시다."

나왕이 무심하게 말했다.

"이간계요?"

유왕 서리가 되물었다.

"그렇소. 그는 지금 무척 혼란스러울 거요. 분노도 분노지만 겨우 십이천문 정도의 세력이 그를 제압할 수 있었다는 걸 인정하기 어려울 것이오. 그런 그에게 이 일이 밀천이나 혹은 정천의 배신으로 인해 일어난 일이라고 하면 그는 분명 우리의 말을 믿을 것이오. 이천이 관여했다면 스스로 수긍할 수 있을 테니 말이오. 이후 그는 분명 스스로 우리를 도우려 할 거요."

"하지만 그가 정말 우리 말을 믿을까요?"

유왕 서리가 자신 없는 얼굴로 되물었다.

혼마 창은 천하에서 가장 지모가 뛰어난 인물 중 하나다. 그런 자는 절대 쉽게 다른 사람의 계책에 넘어가지 않는다.

"우리 입으로 말하는 대신 그가 스스로 의심하게 하면 될 것이오."

나왕이 말했다.

"그 스스로 의심하게 만든다라… 생각해 보니 방법이 아주 없는 것도 아니구려. 어쩌면… 단 한마디 말로 그의 의심을 끄집어 낼 수도 있겠소이다."

사송이 눈빛을 반짝이며 말했다.

좋은 계책이 생각난 듯 보였다.

"단 한마디 말로 그를 이간계에 끌어들인다고요? 어떻게요?"

유왕 서리가 의아한 표정으로 사송에게 물었다.

그러자 사송이 미소를 지으며 말했다.

"두고 보면 알아. 후후… 그 양반이 이럴 때는 도움이 되는군."

*   *   *

툭!

혼마 창은 또 하루가 지났음을 알 수 있었다. 그의 발아래 어김없이 손 없이도 먹을 수 있는 건량과 육포가 떨어졌기 때문이었다.

그는 여전히 분노 가득한 눈으로 음식을 던져 넣은 사송을 노려봤다.

"먹으쇼. 위대하신 혼마 님의 식사로는 보잘것없겠지만."

사송이 퉁명스레 말했다.

그러자 혼마 창이 화를 억누르며 물었다.

"다시 묻겠다. 대체 정체가 뭐냐?"

"후후… 참으로 이상한 일이지."

"뭐가 이상하다는 거냐?"

혼마 창이 신경질적으로 소리쳤다.

창!

사송이 혼마 창의 말에 대답하는 대신 자신의 갈고리 모양 병기를 끄집어냈다.

그르륵!

사송이 갈고리 모양의 병기로 뇌옥을 막고 있는 두툼한 강철 철창을 긁어댔다.

그에 따라 소름 끼치는 소리가 뇌옥 전체로 흘러갔다.

"이 병기를 보면 떠오르는 것이 없소?"

사송이 혼마 창에게 물었다.

그러자 혼마 창이 새삼스럽게 사송의 기병을 바라봤다.

"……."

한동안 사송의 기병을 바라봤지만 혼마 창은 사송에 대해 어떤 단서도 떠오르지 않는 모습이었다.

그러자 사송이 씁쓸한 미소를 지었다.

그래도 자신의 무공과 명성에 대해 제법 자부심을 가지고 있는 사송인데, 마천 혼마 창의 안중에는 그가 아예 없었다는 것이 그리 기분 좋은 일은 아니었다.

하물며 그는 혼마 창이 벌인 혈월야의 대상 중 한 명이 아니었던가.

"아무 생각이 없는 모양이구려."

"그 병기를 보면 내가 널 알아봐야 하나?"

"아니오. 하지만 알아볼 수 있었다면 좋았을 걸 그랬소. 그럼 우리 정체를 쉽게 짐작했을 텐데. 아쉽구려."

자왕 사송이 더 이상 할 말이 없다는 듯 혼마 창에게서 시선을 거뒀다.

"잠깐, 기다려라. 이젠 말해줘도 되지 않느냐?"

혼마 창이 다급하게 말했다.

병기를 보여주며 자신의 정체를 추측하라고 말할 정도면 이젠 이자들이 자신들의 정체를 알려줄 마음이 생겼다는 의미기 때문이었다.

"스스로 알아내시오. 그 정도 노력을 해야지. 아무렴… 당신이 우리에게 한 일이 있는데."

사송이 퉁명스럽게 말하고는 몸을 돌려 뇌옥을 벗어나기 시작했다.

그러면서 혼마 창의 귀에 들릴 듯 말 듯한 목소리로 중얼거렸다.

"대형도 참… 팔 하나 잘린 빚을 팔 두 개로 갚았으면 된 거지 뭐 하러 저런 자를 살려두려는 것일까? 죽여서 형제들의 무덤에 제사를 지내도 시원찮을 판에……."

쿵!

뇌옥의 바위 문이 닫혔다.

그러나 혼마 창은 어떤 움직임도 보이지 않았다.

대신 그는 뭔가 실마리를 잡은 듯한 표정으로 뇌옥의 문이 닫히는 것을 응시하고 있었다.

그리고 자왕 사송이 완전히 사라지자 혼잣말을 중얼거렸다.

"기병을 쓰는 자… 나에게 팔 하나 잘린 빚이 있는 자… 그리고 형제들의 무덤이라."

혼마 창이 나직하게 중얼거리며 눈을 감았다.

그리고 자신의 인생에서 오늘 이전에 있었던 일들을 떠올리기 시작했다.

수십 년 무림을 지배한 혼마 창이다.

물론 마도라는 무림의 반쪽을 지배했지만 그 역시 가늠할 수 없이 넓은 세계다.

그런 세계를 지배하다 보면 자신이 기억할 수 없을 만큼 많은 악연들을 만들게 마련, 그 악연들을 하나하나 기억해 내는 것이 결코 쉬운 일은 아니다.

하지만 이 정도의 단서, 괴이한 갈고리 모양의 기병과 팔 하나 빚진 자, 그리고 그 형제들의 목숨을 빚진 자라는 단서들이 있으면 반드시 그들의 정체를 기억해 낼 터였다.

그는 보통 이상의 두뇌를 가진 천재가 아닌가.

단지 그에게 필요한 것은 자신의 지난날을 되돌아볼 시간이었다.

스스스!

어두운 동굴 속에 미세하게 흐르는 공기 소리가 들려왔다.

혼마 창은 그 소리를 들으며 반쯤 눈을 감고 마치 묵상에 들어간 고승 같은 자세를 취하고 있었다.

비록 두 팔은 잘리고 다리에는 쇠사슬이 묶여 있었지만, 깊은 생각에 잠긴 그의 모습에서는 도도함마저 느껴졌다.

그렇게 얼마의 시간이 흘렀을까. 갑자기 혼마 창이 눈을 번쩍 떴다.

그리고 마치 세상에서 가장 중요한 일을 알아낸 것처럼 소리쳤다.

"십이지방! 혈월야! 자왕 사송… 그리고… 음!"

한순간에 자신에게 일어난 일의 전모를 자기 나름대로 추론한 혼마 창이 깊은 신음 소리를 냈다.

그가 입을 열어 말하지 않은 한 인물, 그 인물의 존재가 갑자기 그의 마음을 짓눌렀다.

"학사검 종선……"

그의 입에서 무겁게 신왕 학사검 종선의 이름이 흘러나왔다.

혈월야의 밤, 그 자신에게 한 팔의 빚을 진 자가 바로 학사검 종선이다.

그리고 지금까지 그를 멸시하듯 조롱한 자는 분명 과거 십이지방에서 활동하던 자왕 사송이다.

그에 대해 들은 바가 이제야 생각났다.

십이지방의 열두 괴걸들 중 자왕이라 불리는 자가 쇠갈고리 모양의 기병을 사용한다는 것, 땅을 파는 재주가 뛰어나고, 천부적은 육감을 지니고 있으며, 바람처럼 빠르다고 했던 인물이다.

그런 명확한 특징을 가진 자를 알아보지 못한 것이 오히려 어리석게 느껴질 정도다.

그 두 사람의 존재를 확인하자 자신에게 일어난 일들에 대한 의문이 실타래 풀리듯 풀렸다.

"복수인가? 아니면……?"

혼마 창이 나직하게 중얼거렸다.

학사검 종선의 뒤에 누가 있는지 오직 그만은 너무 잘 알고 있다.

밀천… 절대삼천 중 한 명인 밀천이 바로 학사검 종선의 스승이다.

물론 밀천의 후계자가 곧 그의 제자인 것은 아니지만, 그래도 수십 년 동안 학사검 종선은 밀천의 후계자로서 밀천의 특별한 가르침을 받아온 사람이었다.

칠마의 난 당시, 밀천의 후계자인 그가 절대삼천과의 약속을 깨고 정파를 위해 천마 파융의 전신극을 훔쳐낸 일에 대한 분풀이로, 혈월야를 일으켰던 혼마 창이다.

당연히 학사검 종선의 복수가 있을 수 있었다. 또한 그렇다면 이번 일에 밀천이 관련 없을 거라고는 생각할 수 없었다.

"다시 한번 삼천의 약조를 깬 것인가? 그렇다면 너무 위험하군."

만약 이 일이 모두 밀천의 주도하에 일어난 일이라면 자신이 이 위기를 이겨내고 재기할 확률은 없다.

밀천은 그 못지않은 지략의 달인이고, 무공의 고수다.

더군다나 자신은 두 팔이 잘리고 내공을 상실했으니 밀천을 상대할 아무런 방법이 없었다.

"밀천 정말 그자가……."

한편으로는 믿기지 않는 면도 있었다.

만약 밀천이 자신을 공격하려 했다면 칠마의 난이 끝난 직후 충분한 기회가 있었다.

마도가 패퇴하고 칠마가 죽어갈 때, 혼마 창도 적지 않게 타격을 입었다.

그때 밀천이 자신을 공격했다면 아마도 지금 그는 숨을 쉬고 있지 못했을 것이다.

"왜 그때가 아니고 지금인가?"

혼마 창이 곤혹스러운 표정으로 중얼거렸다.

모든 정황은 밀천과 그의 후계자인 학사검 종선을 이 음모의 주동자로 지목하고 있지만, 평소 절대삼천의 관계를 생각하면 쉽게 수긍되지 않는 일이었다.

삼천이 천하대란을 일으키는 이유는 오로지 천하를 둔 흥미로운 내기를 위해서다. 권력을 탐해 일으킨 일이 아니니 밀천이 자신을 기습할 이유가 없었다.

"어쩌면 학사검 종선 그가 밀천의 허락 없이 일으킨 일일 수도 있겠군. 십이지방의 형제들에 대한 복수를 하는 것이니까. 하지만 그래도… 그에게 그런 배포가 있을까?"

학사검 종선이 뛰어난 인물이란 것은 혼마 창이 누구보다 잘 알고 있었다.

물론 이십 년 전에는 절대삼천에 비할 바가 아니었지만, 지금은 이미 삼천의 경지를 위협할 수준에 이르러 있을 것이다.

하지만 그렇다고, 그 홀로 삼천의 놀이를 훼방 놓을 정도로 대단한 사람은 아니었다.

"후우… 이것 참. 이 분을 어찌 풀어야 하나. 두 팔은 잘렸고 내공은 사라졌는데… 아니야. 그래도 남아 있는 게 있군. 이 머리와 세 치 혀는 여전히 남아 있지 않은가?"

혼마 창이 갑자기 미소를 지었다.

"후후, 좋아. 한번 해보자. 한 근 머리와 세 치 혀로 학사검 종선 네놈에게 복수를 해주마."

혼마 창의 눈빛에서 차가운 살기가 감돌았다.

*　　　　*　　　　*

이번에는 둘이다.

하루가 지나고 다시 사송이 음식을 가지고 왔을 때, 혼마 창은 자신 앞에 서 있는 발이 다른 때와 달리 네 개라는 것을 깨달았다.

고개를 들어보니 확실히 두 사람이 서 있었다.

자왕 사송의 얼굴이 드러나 있었고, 같이 온 자는 어둠 속에 있었다.

"자왕 사송……."

다른 때 같으면 뇌옥 바닥에 떨어진 건량에 먼저 입이 갔을 테지만 오늘은 달랐다.

혼마 창이 자왕 사송을 노려보며 입을 열었다.

"역시 똑똑하구려. 뇌옥에 앉아서도 내가 누군지 알아내다니."

"혈월야에 대한 복수냐?"

"그렇소."

사송이 부인하지 않았다.

혼마 창과 같은 자를 이용하려면 열에 아홉의 진실이 아니라, 백에 아흔아홉 개의 진실을 말해주고 단 하나의 거짓을 심어놓아야 한다.

"주도한 것은 학사검 종선이겠지?"

"그야 당연한 일 아니겠소."

사송이 퉁명스러운 표정으로 대답했다.

혈월야는 십이지방의 멸문을 일컫는 말이다. 그러니 그 복수를 주도할 사람은 당연히 십이지방의 대형이었던 학사검 종선이어야 한다.

"크크크, 학사검 종선. 간교한 자군."

"감히 대형을 모독하는 것인가?"

혼마 창의 실소에 사송이 화가 난 표정으로 소리쳤다.

"크크크, 순진한 자들. 너희들은 학사검 종선에 대해 얼마나 알고 있지?"

"대형과 우리는 형제다. 세상의 그 누구보다 가까운 사이지. 대형께선 권력을 탐하지 않으시고, 세속의 욕망에서 초월하신 분이지. 십이지방을 만든 이유도 그러했다. 그런데… 그 평온을 마천 그대가 깬 것이 아닌가?"

"그렇게 말하던가?"

혼마 창이 턱을 들어 오만한 표정을 지으며 되물었다.

"설마 십이지방의 멸문, 혈월야의 원흉이 당신이 아니라고 부인하는 것인가?"

사송이 차갑게 물었다.

"아니, 그건 부인하지 않겠다. 혈월야는 분명 내가 한 일이다. 하지만 혈월야가 있기까지 그 내막을 그대는 정확히 알고 있는가?"

"그야, 당연히 우리가 천산에서 천마 파융의 전신극을 훔쳐낸 일에 대한 복수였겠지."

사송이 대답했다.

"후후후, 그것도 맞아. 그런데 그대들 십이지방의 괴걸들이 칠마의 난에 관여하게 된 이유가 좀 석연치 않다는 생각은 하지 않았는가?"

"비록 은거의 삶을 살기로 했다지만 우리도 무림인이다. 강호가 마도의 손에 넘어가는 것은 두고 볼 수 없었다."

"쯔쯔, 똑똑한 자인 줄 알았는데 그 나이를 먹고도 순진하군."

"대체 무슨 말을 하고 싶은 것이냐?"

사송은 혼마 창이 뭔가 대단한 비밀을 알고 있는가 싶은 의구심을 드러내면서 혼마 창을 다그쳤다.

그러자 혼마 창이 만족한 미소를 지으며 천천히 입을 열었다.

"잘 들어라. 너희들은 속고 있는 것이다."

"속아? 누구에게?"

"학사검 종선에게!"

"이런 빌어먹을 늙은이를 보았나. 그나마 대형 덕에 목숨을 부지하고 있으면 고마운 줄 알아야지. 감히 이간질을 하려 해? 이걸 그냥!"

사송이 손에 달린 갈고리 모양의 병기를 들어 올렸다.

그대로 혼마 창의 목에 기병을 박아 넣을 태세다.

하지만 혼마 창은 전혀 두려운 기색 없이 말을 이어갔다.

"내가 마천임을 알고 있고 다른 이천이 존재한다는 것도 알고 있으니 쉽게 설명할 수 있겠군. 학사검 종선이 누군지 아나?"

"빌어먹을 늙은이야. 우리 대형님이시다. 왜?"

사송이 당장 혼마 창을 죽일 것 같은 표정으로 대답했다.

"그가 삼천과 관련이 있다는 걸 말하지 않던가?"

"무슨 개소리냐? 대형이 너희들 삼천과 관련이 있다니. 대형께선 지난 이십 년간 무림의 어둠 속을 헤매고 다니시며 너희들의 정체를 알아내셨거늘."

"하하하, 이런 어리석은 사람들을 보았나. 잘 들어라. 내가 오늘 너희들에게 큰 깨달음을 줄 것이니. 학사검 종선… 그는 바로 절대삼천의 일인인 밀천의 후계자다. 십이지방이 만들어지기 이전부터! 그에게 십이지방은 단지 자신의 야망을 위해 쓰려는 도구에 지나지 않았다는 뜻이다."

혼마 창이 사송을 노려보며 말했다.

마치 자신의 말을 사송의 뇌 속에 각인시키려는 듯한 무서운 안광이다.

비록 무공이 사라지고 두 팔이 잘렸지만, 그의 정신력만큼은 그대로인 듯 보였다.

혼마 창의 말이 끝나자 사송이 돌처럼 굳은 표정으로 아무런 반응도 보이지 않았다.

혼마 창이 한 말에 충격을 받은 것 같기도 하고, 너무 어이없는 말에 허탈해 보이는 것 같기도 했다.

　얼마 후 사송의 눈에 다시 생기가 돌았다. 그 생기와 함께 비웃음이, 그리고 살기가 연이어 일어났다.

　"후후후, 이 망할 늙은이가 무공도 대단하지만 한 근 머리로 세상을 놀려먹는 두뇌가 더 대단하다더니, 과연 그 버릇을 버리지 못했군. 이런 지경에서도 세 치 혀로 대형과 나의 관계를 이간질하려 하다니."

　"시간을 갖고 차분히 네게 일어난 일들과 학사검 종선의 행적을 살펴보거라. 그럼 내 말이 틀리지 않았다는 것을 알게 될 것이다. 그때 다시 날 찾아와라. 그러면 너희들에게 일어난 그 일들의 이유를 하나에서부터 열까지 알려줄 테니. 하루 정도의 시간… 아까운 것은 아니지 않느냐?"

　혼마 창이 침착한 표정으로 말했다.

　"흐흐흐, 늙은이. 그것보다 일단 네 목을 따야겠어. 네 말의 진실 여부는 그 이후에 내 스스로 알아보도록 하지. 물론… 쓸데없는 일일 테지만. 모두 거짓일 테니."

　"날 죽이는 순간 너희들에게 일어난 일들, 그리고 그 일에 절대삼천이 어떻게 관여되었는지는 영원히 모르게 될 것이다. 그리고… 너희들은 또다시 다른 이천의 놀이에 희생양으로 쓰이겠지. 학사검 종선에 의해. 그런 인생을 살겠다면 좋다. 날 죽여라."

　혼마 창이 자신의 목을 길게 늘였다.

　"오냐. 오늘 내가 널 죽이겠다."

사송이 기병으로 뇌옥의 창살을 긁어대며 옥문을 열기 시작했다. 당장 뇌옥으로 들어가 혼마 창을 죽일 기세다.

그런데 그때 그의 뒤쪽 어둠 속에 서 있던 나왕이 사송의 행동을 만류했다.

"자왕께서는 잠시 기다려 주시오."

나왕의 말에 사송이 뇌옥의 문을 열다 말고 고개를 돌렸다.

"왜 그러시오? 아무리 대형의 명이 있었다 해도 내 오늘 반드시 이 늙은이를 죽이겠소. 살려두어 봐야 화근만 될 뿐 세상에 어떤 도움도 되지 않는 늙은이요."

사송이 살기를 뿜어내며 말했다.

"그자의 말을 모두 믿을 수는 없으나 쓸모 있는 말도 있소."

"대형과 우리 사이를 이간질하려는 자의 말에 무슨 쓸모가 있다는 거요?"

"다른 이천(二天)! 그들의 정체를 그는 알고 있을 것 아니오. 아마, 학사검 종선께서 그자를 살려두라고 한 이유도 그것일 거요."

"음… 그건… 그렇지만. 하지만 이자가 그들에 대해 말을 할 것 같소? 지금도 대형과 우리를 이간질하려고 수작을 부리는데."

사송이 불신 가득한 눈으로 혼마 창을 노려보며 말했다.

그러자 혼마 창이 다시 입을 열었다.

"하나의 단서를 주지. 그걸 확인하면 내 말이 결코 거짓이 아니라는 것을 알게 될 것이다. 그때… 우린 제대로 된 대화를 할 수 있을 거야. 서로에게 아주 유익한 대화를 말이야."

"단서? 좋아. 말해봐라!"

사송이 따지듯 물었다.

"신화밀교라는 것이 있어."

"신화밀교? 그건 또 뭣에 쓰는 물건이냐?"

"밀천, 그리고 그대의 대형이라는 학사검 종선이 세상을 움직이기 위해 쓰는 도구지. 이곳이 낙양과 가깝나?"

혼마 창이 불쑥 지금 자신이 있는 곳의 위치를 물었다.

"뭐… 멀지 않지."

"좋아. 그럼 낙양 외곽에 현학원이라는 학인들의 배움터가 있다. 그곳에 대학사 사방유라는 자가 있는데 그자는 신화밀교 일곱 큰 스승 중 한 명이지. 그자들은 스스로를 칠선이라 부르는데 사방유가 바로 마지막 칠선이다. 그자를 데려와라. 그리고 그자의 입을 열어라. 그럼 신화밀교라는 곳에 그대들의 대형인 학사검 종선이 이선으로 존재한다는 것을 알게 될 것이다. 그리고 칠선 중 일선은 바로… 밀천이지. 확인해 보라."

혼마 창의 말에 사송과 어둠 속의 나왕이 잠시 침묵을 지켰다. 마치 두 사람이 혼마 창의 말을 의심하면서도 솔깃해하는 모습이다.

침묵이 잠시 이어지다 나왕의 목소리가 흘러나왔다.

"시간을 가져봅시다."

나왕의 말에 사송이 되물었다.

"이자의 말을 믿는 거요?"

"믿을 수 있는지 확인해 보자는 것이오. 어차피 단전은 파괴되고 두 팔은 잘렸으니 그가 뭘 할 수 있겠소. 기껏해야 우리에게 거짓말을 하는 것 정도인데 과연 그런지 아닌지 확인해 보자는 것이오."

"음… 제길, 하여간 명줄은 길어. 늙은이, 만약 오늘 한 말에 한 치의 거짓이라도 있다면 그땐… 그냥 죽지도 못해."

사송이 혼마 창에게 경고했다.

"후후후, 결국 나에게 고마워하게 될 거다."

혼마 창이 자신 있게 대답했다.

"꼭… 그래야 할 거야. 난 잔인해지기로 마음먹으면 세상 그 누구보다 잔인해질 수 있으니까. 갑시다."

사송이 어둠 속의 나왕에게 말했다.

그러고는 자신이 먼저 뇌옥을 벗어나기 시작했다.

사송과 나왕이 뇌옥을 떠나자 갑자기 혼마 창이 키득거리기 시작했다.

"키키킥! 학사검 종선… 이놈, 자신의 형제들을 그 지경으로 몰아넣고도 여전히 그 형제들을 이용하고 있다니. 생각보다 독한 놈이군. 그래도 난 그놈이 양심이 있어서 살아남은 십이지방의 형제들을 다시 이용하지는 못할 거라 생각했는데. 하지만 그게 네 발등을 찍을 것이다. 모든 것을 알게 되면 자왕 사송이란 놈이 내 대신 널 죽이게 될 테니까. 그리고… 밀천과 정천 너희들도 그냥 둘 수 없지. 아무렴, 내가 빠진 놀이가 될 말인가! 하하하!"

혼마 창의 웃음소리가 뇌옥 끝까지 퍼져 나갔다.

"그래, 지금은 그렇게 웃어대라. 빌어먹을 놈아."

뇌옥 안쪽의 사정을 살펴보던 자왕 사송이 미친 듯이 들려오는 혼마 창의 웃음소리를 들으며 욕설을 해댔다.

"나쁘지 않은 것 같소."

나왕은 사송보다는 침착했다.

"하긴 배알이 꼴리기는 하지만 저자를 제대로 이용할 수 있을 것 같소이다."

사송도 고개를 끄떡였다.

"일단 그자를 잡읍시다."

"사방유라는 자 말이오?"

"그렇소. 그자를 잡으면 밀천이나 학사검, 혹은 신화밀교에 대해 좀 더 자세히 알게 될 것이오. 혼마 창이 거짓말을 했을 리는 없을 테니."

"그렇긴 하지만 난 그 생각에는 반대요."

사송이 고개를 저었다.

"다른 생각이 있으시오?"

괜히 반대할 사송이 아니기에 나왕이 신중하게 물었다.

"타초경사(打草驚蛇). 지금 그자를 건드리는 것은 밀천이나 대형… 제길, 이 지경에 다시 대형이라니… 하여간 그 양반에게 경각심을 줄 수 있소. 어차피 우린 혼마 창 저자의 입을 여는 것이 목적이니, 저자의 입이 열릴 때까지 괜히 다른 일은 벌이지 맙시다."

사송의 말에 나왕이 잠시 생각에 잠겼다가 고개를 끄떡였다.

"하긴 그렇구려. 지금은 밖에 나갈 때는 아닌 것 같소. 그런데 그렇게 되면 좀 지루하겠소이다. 적어도 그자를 잡아온 것처럼 보이려면 열흘은 필요할 테니."

"뭐 어쩔 수 없는 일 아니겠소?"

지루함은 사송에게 가장 큰 적이지만 이번만큼은 사송도 그 지루함을 견딜 준비가 되어 있는 듯 보였다.

*　　　*　　　*

계획은 달라지지 않았지만 그렇다고 십이천문의 사람들이 모두 열흘 동안 천화산에 박혀 지내지는 않았다.

혼마 창이 말한 신화밀교의 칠선 현학원 대학사 사방유를 당장 잡아오지는 않기로 했으나, 그의 존재를 확인하는 것까지는 해야 한다고 유왕 서리가 주장했기 때문이다.

나왕과 사송은 혼마 창의 말을 신뢰했지만 유왕 서리는 돌다리도 두드려 보고 건너자고 고집했다.

혼마 창이 정말 십이천문의 계책에 넘어온 것인지, 그가 한 말이 진실인지 알아보는 것이 가장 확실한 방법이었다.

그리고 그녀 스스로 그 일을 하겠다고 자청했다.

나왕과 사송 역시 사방유를 당장 잡아오는 것이 아니면 유왕의 의견에 반대할 이유가 없었다.

그래서 유왕 서리가 홀로 천화산을 떠났다.

그녀가 돌아온 것은 정확하게 칠 일 후였다.

"있더군요."

칠 일 만에 돌아온 유왕 서리가 숨도 돌리기 전에 한 말이다.

"그자가 정말 신화밀교의 사람인 것은 확인했어?"

혼마 창이 속았을 리 없다고 확신하면서도 서리의 외유에 가장 관심을 보인 이는 사송이었다.

"그것까지야 직접 확인하지 못했지요. 신화밀교의 문도들도 큰 스승들의 정체는 정확히 모르잖아요."

"하긴 자기 입으로 내가 신화밀교의 칠선이다, 라고 말하기 전에는 확인하기 어려운 일이지."

사송이 고개를 끄떡였다.

그러자 유왕 서리가 다시 입을 열었다.

"그래도 그의 말이 거짓말은 아닌 것 같아요. 그 현학원이라는 곳, 분위기가 묘하더라고요. 이름으로 봐서는 유학을 가르치는 곳인 것 같은데 이상하게 사이한 기운이 흐른달까. 아무튼 평범한 학사들의 단체 같지는 않았어요."

"그래? 그렇다면 거짓말은 아닌 것 같군. 그런데 마천은 신화밀교 칠선의 정체를 어떻게 그렇게 자세히 알고 있을까? 신화밀교는 밀천의 비밀스러운 세력인데."

사송이 고개를 갸웃했다.

"비록 놀이라 하지만 삼천끼리의 경쟁도 단순한 놀이만은 아닌 것 같아요. 서로 상대의 뒤를 열심히 캐고 있는 것을 보니."

오초아가 말했다.

"그렇긴 해. 워낙 음흉한 자들이니까."

사송이 이번만큼은 오초아의 말에 동의했다.

그러자 나왕이 입을 열었다.

"그의 존재가 확인되었으니 면밀하게 계획을 세워 그자의 입을 열게 합시다."

"우리가 자신의 계책에 말려들었다고 생각하면 그자 스스로 모든 것을 말하게 될 것이오."

사송이 눈빛을 반짝였다.

"그자가 정말 우리를 이용해 복수를 하려 할까요?"

유왕 서리는 여전히 혼마 창의 심리를 역이용하려는 사송과 나왕의 계획이 걱정스러운 모양이었다.

그러다 정말 혼마 창의 계략에 걸려들 수도 있기 때문이다.

"일단 그자가 자신을 죽음의 위기에 몰아넣은 것이 대형…이나 밀천이라고 생각하는 이상은 반드시 그렇게 할 거야. 물론 그 와중에 우리도 빠져나올 수 없는 함정에 빠뜨리려 하겠지만……."

"어쨌거나 그자의 말 중 우리를 속이는 것도 있을 것이란 뜻이잖아요?"

공예가 겁을 먹은 표정으로 말했다.

"너무 걱정 마. 쉽사리 그자의 계략에 걸려들지는 않을 테니까. 시간이 걸리더라도 그자가 한 말들 하나하나 모두 검증을 한 후에 움직이게 될 거야."

적월이 공예를 안심시켰다.

"아니면 그자의 계획과는 전혀 다른 방향으로 움직일 수도 있지. 아예 그자의 계책이 쓸모가 없을 정도로 정보만 빼내고 말이야. 후우, 아무튼 내일부터는 바빠지겠군. 혼마 창, 그자는 대체 어떤 방식으로 우릴 이용하려고 할까?"

사송이 호기심 가득한 표정으로 중얼거렸다.

제2장
놀라운 제안

차가운 침묵이 이어졌지만 소음이 없는 것은 아니었다.

드득드득!

사송이 굳은 표정으로 연신 쇠갈고리 모양의 기병으로 뇌옥의 창살을 긁어댔다.

폭발할 듯한 긴장감이 뇌옥에 가득했다.

사송만 얼굴이 굳은 것이 아니었다.

오늘은 혼마 창이 삼천에 대한 비밀을 모두 털어놓을 것을 기대한 십이천문 고수들이 대거 뇌옥에 들어와 있었다.

물론 십이천문 고수들은 대부분 어둠 속에 머물렀고, 작은 빛에 의지해 혼마 창을 상대하는 이는 사송과 그 두어 걸음 뒤에서 있는 나왕이었다.

그런데 혼마 창이 뱉어낸 말들이 대화를 시작한 지 채 일각도 되지 않아 뇌옥에 들어온 십이천문 고수들을 굳게 만들었다.

당황한 듯, 혹은 긴장한 모습으로 뇌옥의 창살만 긁어대고 있는 사송을 혼마 창이 미소를 띤 눈으로 바라보고 있다.

처음부터 이런 반응을 기대하고 있었다는 듯한 표정이다. 느긋하기도 하고, 한편으로는 앞으로 이 작은 뇌옥에서 자신이 펼쳐 나갈 복수를 스스로 기대하는 것 같기도 했다.

그 시작이 그의 마음을 흡족하게 만들고 있었다.

자신이 털어놓은 엄청난 비밀이 이 쥐새끼같이 생긴 자왕 사송의 심기를 크게 흔든 것이 분명해 보였기 때문이다.

"못 믿겠나?"

한 번 흔들린 마음을 계속 공격하는 것이 심리전을 즐기는 자들의 특징이다.

혼마 창은 사송이 놀랄 시간을 오래 주지 않고 물었다.

"제길, 그 말을 누가 믿을 수 있겠느냐?"

사송이 거칠게 대답했다.

마치 혼마 창이 거짓말을 하고 있다는 것을 확신하는 듯한 표정이다.

그러나 내심으로는 혼마 창의 말을 믿고 있었다. 이미 그들도 의심을 시작한 자의 이름이 흘러나왔기 때문이다.

물론 다른 한 사람의 이름이 너무 뜻밖이기는 했지만…….

"흥분하지 말고 침착하게 생각해 봐라. 내 말이 결코 거짓이 아님을 알 거야. 지난 세월 천하를 지배한 무림맹의 정점에는 항상 명안 이조가 있었다. 당연히 정천에 가장 가까운 사람이지. 그리고 운중학 곤… 그자는 비록 오선으로 불리지만 지난 칠마의 난 당시에도 정사대전에서 직접적으로 자신의 손에 피를 묻히지 않았지. 물론 정파 쪽에 치우친 듯 행동했지만. 결정적인 싸움에선 그 모습을 볼 수 없었을 것이다. 왜냐하면 그가 밀천이기 때문이지."

혼마 창은 자신의 한 말이 진실임을 증명하려는 듯 길게 설명했다.

그는 십이천문의 고수들이 자신이 말을 믿을 거란 확신이 있었다. 왜냐하면 자신의 말 중 하나라도 논리에 어긋나는 말이 없었기 때문이다.

이 역시 지략으로 세상을 상대하는 자들의 특징이다.

"후우… 좋아. 늙은이 당신 말에는 하나도 어긋나는 것이 없어. 하지만 그래도 쉽게 믿기지가 않는다고."

"그렇기 때문에 삼천이다. 절대 의심할 수 없는 위치에 있는 사람들이니까."

이 역시 맞는 말이다.

의심은 하고 있었지만 명안 이조는 정파 최고의 거두(巨頭)다. 그런 자가 세상을 상대로 간악한 유희를 즐기고 있었다면 어찌 믿을 수 있겠는가.

하지만 명안 이조가 정천이란 사실보다 더 믿기 어려운 것은 혼마 창에 의해 밀천으로 지목된 운중학 곤이었다.

운중한 곤은 세상엔 그 별호 그대로 신선의 삶을 살아가고 있는 사람으로 알려진 기인이었다.

현 무림오선의 일인이고, 너그럽고 신비로운 그의 행적은 살아 있는 신선으로 인정받기에 충분했다.

"제길… 어떻게 생각하시오?"

사송이 자신은 도저히 판단하지 못하겠다는 듯 고개를 돌려 어둠 속에 얼굴이 가려진 나왕에게 물었다.

그러자 나왕이 침착하게 대답했다.

"우리를 천산으로 보낸 청부의 시작이 그였소."

나왕의 대답에 사송의 얼굴이 다시 굳었다.

그러고는 뭔가를 곰곰이 생각하는 듯하더니 나직하게 탄식을 흘렸다.

"하아… 그러고 보니 그렇군. 그렇게 생각하면 이야기가 되는구먼."

사송이 이젠 혼마 창의 말을 수긍할 수 있다는 듯 말했다.

전신극의 출현, 그리고 그 전신극의 소유자가 학사검 종선의 무공을 사용하는 것 같다는 이유로 명안 이조는 십이천문에게 천산으로 가는 일을 청부했다.

거절할 수 없는 청부였다. 학사검 종선의 흔적이 나타났다는 것만으로도 십이천문은 움직일 수밖에 없었다.

그런데 그 청부의 시작은 운중학 곤이었다.

그가 서역으로 여행을 가다 명안 이조에게 보낸 소식이 시작이었던 것이다.

운중학 곤이 밀천이라면 당시 신화밀교의 뒤를 쫓고 있던 십이천문을 함정으로 끌어들이기 위한 완벽한 미끼였던 셈이다.

그리고 실제로 그곳에서 학사검 종선과 밀천의 수하들이 십이천문의 고수들을 기다리고 있었다.

"청부? 그건 무슨 소리지?"

나왕과 사송이 혼마 창의 말에 대한 신빙성을 심사숙고하고 있을 때, 혼마 창은 나왕이 무심히 꺼낸 청부라는 말에 관심을 가진 듯했다.

"제길, 청부가 청부지 뭐겠소?"

사송이 퉁명스럽게 대답했다.

"청부 일을 하나?"

"먹고는 살아야 하니까. 당신을 찾기 위해 움직이기도 편하고."

사송이 다시 대답했다.

"그런데 누군가 너희들에게 전신극이 나타난 천산행을 청부했다는 거군. 그 누군가가 명안 혹은 운중학이고?"

"머리 좀 그만 굴리쇼. 그러다가 치매 걸리겠소."

지나치게 영활하게 움직이는 혼마 창의 두뇌를 보며 사송이 질린 듯 말했다.

"후후, 걱정 마라. 이것이 나의 즐거움이니까. 하물며 팔을 잘리고 두 다리는 묶였는데 머리 쓰는 것 말고 무슨 즐거움이 있으랴. 그나저나⋯ 이제 그대의 얼굴도 보고 싶군."

혼마 창이 여전히 어둠 속에 얼굴을 가리고 있는 나왕을 보며 말했다.

"이쯤 되면 내 정체도 알았을 텐데?"

나왕이 어둠 속에서 대답했다.

자왕 사송의 존재를 알았고, 그들이 천산으로 청부를 갔었다는 것도 말했다.

그렇다면 당연히 자신들이 천산에서 전신극의 주인 대량을 상대했던 십이천문의 사람들이란 것 역시 짐작했을 혼마였다.

"후후후, 그래도 사람은 눈으로 직접 확인하고 싶은 법이니까. 불사 나왕… 아니 그런가?"

불사 나왕이 십이천문이라는 청부문에 몸을 담고 있다는 것은 더 이상 강호의 비밀이 아니었다.

그러니 혼마 창 같은 사람이 그 사실을 모를 리 없었다.

그리고 이쯤 되면 구중천의 마인으로 변복을 한 채 자신을 상대하던 불사 나왕의 놀라운 무공의 정체도 알아챘을 혼마 창이었다.

"이제 이야기가 쉽게 되겠군."

나왕도 더 이상 어둠 속에 숨을 이유가 없었다.

그가 사송이 들고 있는 작은 호롱불 아래로 모습을 드러냈다.

"크크, 역시 맞았군. 얼굴을 보는 것만으로도 그대의 정체는 확신할 수 있지."

혼마 창이 불사 나왕의 볼품없는 외모를 놀리듯 말했다.

"지금은 당신 몰골이 더 추하지."

불사 나왕이 외모에 대한 조롱은 아무렇지도 않다는 듯 대답했다.

"흐흐… 그렇기는 해. 내가 이런 병신이 될 줄 누가 알았을까."

혼마 창이 갑자기 맥 빠진 목소리로 말했다.

그러자 나왕이 물었다.

"일단 당신이 한 말을 믿겠다. 운중학 곤이 밀천이고, 명안 이조가 정천이라는 말… 그런데 한 가지 말은 믿지 못하겠어."

"뭘 못 믿겠느냐?"

혼마 창이 되물었다.

"그들이 밀천과 정천이라 해도 결국 혈월야는 당신에 의해 일어난 일이라는 것이지. 당시 십이지방의 활동은 그들 두 사람에게 도움이 되면 되었지 아무런 해가 되지는 않았으니까."

나왕이 침착한 표정으로 말했다.

사실 십이천문의 고수들은 혈월야가 일어난 배경은 이미 모두 알고 있었다.

그럼에도 이런 질문을 던지는 것은 자신들이 그에게 속고 있다고 혼마 창이 좀 더 강하게 믿길 바라기 때문이었다.

"물론 내가 그 일을 주도한 것은 맞다. 그러나 멍석은 정천과 밀천이 깔아주었지. 밀천은 십이지방의 괴걸들이 모이는 정확한 장소와 시간을 알려주었고, 정천은 정파, 특히 신웅조의 시선을 다른 곳으로 돌리게 만들었지. 그래서 난 편하게 혈월야를 즐길 수 있었던 것이다."

"이런 빌어먹을 늙은이!"

혈월야를 즐겼다는 말에 사송이 욕설을 퍼부으며 혼마 창에게 침을 뱉었다.

"킬킬… 냄새 참 고약하군. 정말 쥐 냄새가 나는데?"

혼마 창은 사송의 침을 맞고도 오히려 사송을 조롱했다.

사송이 분을 참지 못하고 다시 뇌옥으로 들어가려는데 나왕이 어깨를 잡아 그를 제지했다.

"진정하시오."

"하지만 저 늙은이가……!"

사송이 씩씩거리며 혼마 창을 노려봤다.

"후우… 오늘은 그만합시다. 그 두 사람의 정체를 안 것으로 충분한 날이오. 내일 마음을 진정시키고 다시 옵시다."

나왕이 흥분한 사송을 데리고는 더 이상 이야기를 나누기 어렵다는 듯 말했다.

"에잇, 그럽시다. 저 늙은이 말이 정말인지 하루 정도는 생각해 봐야 하니까. 우리가 놓치고 있는 것이 있을 수도 있소. 갑시다. 늙은이! 오늘 저녁은 없어. 앞으로도 감히 십이지방 형제들에게 한 일을 그딴 식으로 말하면 굶어 죽게 될 거야. 그러니까 말조심하라고!"

사송이 혼마 창에게 경고하고는 자신이 먼저 뇌옥을 벗어났다.

나왕이 그 뒤를 따라 걸음을 옮기려는데 문득 뇌옥에서 혼마 창이 물었다.

"가장 젊은 천하십대고수, 불사 나왕! 그대가 어째서 혈월야의 은원을 푸는 일에 관여하게 되었는가? 그대와 관련이 없는 일인데……."

갑작스러운 혼마 창의 무거운 질문에 나왕이 걸음을 멈추고 그를 돌아봤다. 그러고는 역시 무심한 말투로 대답했다.

"하나는 운명이라는 놈이 그들과 인연을 맺게 했고, 다른 하나는 당신 말이 사실이라면 당신들 삼천이 날 끌어들인 것이라고 봐야겠지. 내가 관여한 것이 아니라……."

"우리가?"

"난 칠마의 난 중심에서 싸웠던 사람이니까."

"하아… 그렇게 되나?"

"당신들이 짠 놀이판에서 놀아난 자들은 모두 나와 같은 입장일 거야. 그래서… 당신들의 놀이는 이번이 끝이 될 거야."

"음… 나야 이미 끝났고. 후후, 정천과 밀천이 곤란하게 되겠군. 불사 나왕이면 사실 껄끄러운 상대지."

혼마 창이 미소를 지었다.

"당신이 도와준다면 더 무서운 상대가 되겠지."

나왕이 말했다.

"걱정 마라. 날 이 지경으로 몰아넣은 그자들을 용서할 생각은 없으니까."

혼마 창이 대답했다.

뇌옥에서와 달리 십이천문 사람들은, 자왕 사송조차도 사실 그리 흥분하거나 당황하지 않았다.

처음부터 혼마 창이 한 이야기 대부분을 알고 있었기 때문이다.

명안 이조는 처음부터 의심하고 있었다.

결국 새로운 사실은 무림오선 중 일인인 운중학 곤이 밀천이라는 사실뿐이었다.

하지만 그조차 놀라기는 했어도 십이천문 고수들을 당황시킨 것은 아니었다.

그럼에도 그들이 하루의 시간을 둔 것은 혼마 창이 자신의 의도대로 모든 일이 흘러가고 있다는 확신을 갖게 하기 위함이었다.

그래서 뇌옥을 나온 십이천문 사람들은 오히려 다른 어느 때보다도 편한 휴식을 취했다.

그리고 하루의 편안한 휴식을 뒤로하고 다음 날 다시 혼마 창을 만나러 뇌옥으로 향했다.

그런데 그날 그들은 혼마 창으로부터 진심으로 놀랍고 당황스러운 제안을 받았다.

그래서 그들은 혼마 창의 짧은 제안만 듣고 다시 뇌옥을 벗어날 수밖에 없었다.

그들에게 정말로 고민할 시간이 필요했기 때문이다.

혼마 창이 뇌옥으로 찾아온 나왕과 사송에게 불쑥 꺼낸 제안은 그렇게 놀라운 것이었다.

"자네들… 마맹을 가져보지 않겠는가?"

*   *   *

과연 마천은 마천이란 생각이 들었다.

단 하나의 제안으로 심리적으로 그를 상대할 충분한 준비를 하고 있던 십이천문 고수들의 심기를 뒤흔들어 놓았다.

뇌옥에서 도망치듯 물러나온 후 십이천문 고수들은 각자의 방법으로 혼란한 머리를 진정시켰다.

그렇게 두어 시진 각자의 시간을 가진 그들은 자연스럽게 장원의 중심에 있는 작은 대청으로 모여들었다.

"또 술이에요?"

먼저 대청에 와 턱을 괴고 고민하고 있던 유왕 서리가 대청으로 들어서는 와중에도 술병을 손에서 놓지 않는 사송을 타박했다.

"술 마시고 정신 좀 차리려고."

"누가 들으면 정말 그런 줄 알겠어요."

"아니야. 가끔은 술도 사람 정신을 제대로 돌아오게 한다니까."

"궤변은 그만두고 술병 치워요."

"제길… 하긴. 술을 마신다고 답이 나올 일은 아니지. 그래도 아까우니까!"

꿀꺽꿀꺽!

사송이 술병에 남아 있는 마지막 술을 단번에 들이켰다.

그리고는 술병을 휘휘 휘두르더니 담장 밖 멀리 던져 버렸다.

쨍!

멀리 숲 쪽에서 술병 깨지는 소리가 들렸다.

"하여간 성미하곤……."

사송의 행동이 마음에 들지 않는지 유왕 서리가 다시 혀를 찼다.

그러나 사송은 더 이상 서리와 말씨름할 생각은 없는 모양이었다. 술병을 던져 버린 그가 정색을 하며 입을 열었다.

"그래, 다들 생각들은 해봤어?"

사송이 십이천문의 고수들을 돌아보며 물었다.

"아무리 생각해도 말이 안 되는 일이에요."

공예가 대답했다.

"어째서?"

어리다고 공예의 의견을 무시할 수는 없다.

"아무리 복수가 중요해도 우리가 마인이 된다는 것은… 사람을 많이 죽여야 하잖아요?"

공예가 되물었다.

혼마 창의 제안대로 그를 이용해 마맹을 장악할 경우 이들은 마도의 사람으로 살아야 한다.

비록 정사 어느 쪽에도 속하지 않은 십이천문이지만 마도인이 되는 것은 상상할 수 없는 일이었다.

"하지만 이천을 상대하기 위해선 가장 좋은 방법이기도 하지."

평소에는 거의 말을 하지 않던 조비가 입을 열었다.

"사왕 오라버니는 그럼 이 제안을 받자는 건가요?"

공예가 물었다.

냉막한 성품의 조비이지만 공예는 어떤 사람과도 스스럼없이 지낼 수 있는 묘한 성품을 가지고 있었다.

그래서 조비 역시 십이천문의 문도들 중 공예와 가장 친근한 편이었다.

"음… 의미 있게 고려해 볼 만한 제안이라 생각해……."

"그렇지만……."

여전히 공예는 자신들이 마도의 인물이 되는 것이 싫은 듯했다.

"마맹을 얻는다고 우리가 마인이 될 필요는 없다. 단지, 필요할 때까지만 그 힘을 쓰면 되는 거지."

유왕 서리가 말했다.

그녀는 밀천과 정천을 상대하기 위해 마맹의 힘이 꼭 필요하다고 생각하는 듯했다.

"불사께선 어찌 생각하시오?"

사송이 불사 나왕에게 물었다.

사실 장내에 있는 사람들 중 불사 나왕의 의견이 가장 중요했다.

"그와 더 이야기를 해봐야 할 것 같소."

나왕이 대답했다.

"그라면… 혼마 말씀인가요?"

유왕이 물었다.

"그렇소. 비록 그가 마맹을 만든 자이기는 하나 얼굴도 볼 수 없는 그의 서찰이나 전언으로 마맹이 우리 것이 될 수는 없을 것이오. 그리고 만약 그런 얼토당토 아닌 방법을 제시한다면 그의 말을 신뢰할 수 없게 될 것이오. 반면… 그가 제시하는 방법이 우리를 드러내지 않고 마맹을 통제할 수 있는 방법이라면. 마치 지금의 절대삼천처럼 말이오. 그렇다면 고려해 볼 여지가 있을 것 같소."

"우릴 드러내지 않고 마맹을 통제한다라… 쉽지 않은 일인데……."

사송이 말했다.

그러자 나왕이 다시 입을 열었다.

"우리에겐 또 한 명의 좋은 인질이 있지 않소?"

"또 한 명의… 아! 후금 그자!"

사송이 즉시 후금을 떠올렸다.

"마맹을 통제하기 위한 방편으로 그를 이용할 수도 있을 것이오."

"음… 참 묘한 상황이구려."

사송도 어지럽게 얽혀 들어가는 상황이 쉽게 정리되지 않는 모양이었다.

"일단 다시 그를 만납시다. 이젠 정말 제대로 거래를 해야 할 것 같소."

나왕이 말했다.

*   *   *

혼마 창은 이젠 완전히 여유를 되찾고 있었다. 손이 없는 팔로 가끔 팔짱도 끼어 보였다.

그의 앞에 창살을 사이에 두고 나왕이 앉아 있었다.

그동안 혼마 창을 상대했던 자왕 사송은 다른 때와 달리 한 걸음 뒤로 물러나 있었다.

"그렇지. 불사 나왕 정도는 되어야지."

혼마 창은 거래 상대가 나왕으로 바뀐 것이 흡족한 모양이었다.

"다행인 줄 알아. 나라면 언제든 늙은이에게 이놈을 박아 넣을 수 있었으니까."

나왕의 뒤에서 사송이 갈고리 모양의 기병을 들어 보이며 말했다.

"후후후, 다행이군. 다른 사람들이 보기엔 죽어도 상관없는 몸이겠지만 그래도 난 살고 싶어. 적어도… 그 인간들의 파멸을 확인할 때까지는."

혼마 창이 정천과 밀천에 대한 원한을 드러내 보였다.

그는 이제 거의 완전하게 자신을 기습한 일이 두 사람의 작품이라고 믿고 있었다.

학사검 종선이라는 존재가 그 믿음의 단초가 되었기에 학사검 종선에 대한 원망도 대단했다.

"마맹을 이용해 전면전을 벌이는 짓 따위는 하지 않을 것이오."

나왕이 단호하게 말했다.

그런 방식의 싸움을 부추길 생각이면 말도 꺼내지 말라는 의미다.

"그런 방식은 나도 원치 않아. 승산이 없으니까. 뭐, 생각 같아서는 무림의 공멸도 시도해 보고 싶지만……."

혼마 창이 잔혹한 미소를 지어 보였다.

"마맹을 장악할 방법을 말해보시오. 그 몸으로 마맹에 가지는 않을 것이고……."

나왕은 여전히 차분했다.

아니, 무심했다. 마치 이 일이 자신과는 크게 상관없는 일인 것처럼 보였다.

그런 나왕을 혼마 창 역시 무시하지 못했다.

그가 늘어져 있던 몸을 바로 세우고, 눈빛에 정기를 모았다. 그러고는 침착하게 입을 열었다.

"마맹을 장악하는 일은 아주 간단하지. 내 후계자가 되면 되는 일이니까."

"후계자라……."

나왕이 나직하게 중얼거렸다.

"밀천에게도 후계자가 있고, 정천에게도 드러나지 않은 후계자가 있다. 나에게도 물론 세상에 많이 알려지지 않은 후계자가 있다. 너희들이 마맹을 장악하는 방법은 불쌍하지만 내 제자를 제거하고 너희 중 하나가 내 후계자가 되는 것이다."

혼마 창의 말에 나왕의 볼이 한차례 씰룩였다.

"당신 지금… 자신의 제자를 죽이겠다는 뜻인가?"

"후후, 왜 징그러운가? 하지만 본래 인간은 그런 족속 아닐까? 권력 다툼에 혈육의 정조차도 아무 의미가 없다는 걸 역사가 증명하지. 하물며 제자 같지 않은 제자야……."

"삼천이라는 괴물이 어떤 인물들인지 알 만하군."

"괴물이라 뭐, 틀린 말은 아니지."

혼마 창이 나왕의 비난을 스스럼없이 받아들였다.

그런 비난쯤은 아무렇지도 않다는 듯 보였다.

"하지만 그는 이미 그대의 수하들에게 노출되어 있을 텐데, 제거한다고 그를 대신할 수 있는 것은 아니지 않은가?"

나왕이 물었다.

혼마 창의 제자라면 마맹의 수뇌부와 그가 부리는 마영들 정도는 그 정체를 알고 있을 것이다.

그러니 그를 죽이면 마영들의 적이 될 뿐, 그를 대신해 혼마 창의 후계자가 될 수는 없었다.

"보통의 경우라면 그렇지. 하지만 이번 경우는 좀 달라……."

혼마 창이 자신 있게 대답했다.

"늙은이, 뜸 들이지 말고 자세히 설명 좀 해봐."

"흐흐, 저 버르장머리하고는… 급한 성질하며. 자왕이란 별호가 정말 잘 어울려. 알았어. 내 모든 것을 말해주지."

혼마 창이 사송을 보며 실소를 흘리고는 잠시 뜸을 들였다가 침착하게 자신의 계획을 말하기 시작했다.

"난 사실 오직 한 명의 후계자만 두었다. 절대마룡 막초라는 아인데 무공에 있어서는 제법 쓸 만하지. 다만 아직은 세상을 다루는 방법이 미숙한 것이 흠이랄까. 그런데 그 친구는 자신이 나의 유일한 후계자란 걸 몰라."

"그를 속였다는 뜻인가?"

나왕이 물었다.

"음, 이런 경우 선의의 거짓말이라고 해야 하나? 막초 그 아이는 충분히 내 후계자가 될 만한 자질을 가지고 태어났지. 그런데 한 가지 부족한 것이 있어. 바로 자신에 대한 지나친 자신감. 스스로 자신이 잘났다는 걸 알고 있기에 간혹 고된 수련을 지루해하는 경우가 있었지. 그래서 난 그 아이가 긴장의 끈을 놓지 않게 하려고 한 가지 거짓말을 했지."

"그게 뭔데?"

사송이 또 기다리지 못하고 물었다.

그런데 이번에는 혼마 창이 사송을 탓하지 않고 즉시 입을 열었다.

"가상의 제자 한 명을 더 만들어내는 것. 무영마… 내가 만든 가상의 제자지."

"하! 좋은 방법이군."

사송이 탄성을 흘렸다.

교만해지려는 제자에게 충격을 주는 방법으로 가장 좋은 것은 경쟁자가 있음을 알리는 것이다.

혼마 창의 계책에 원수지만 감탄하지 않을 수 없었다.

"가상으로 만든 실체 없는 제자의 존재가 오늘날 이렇게 유용하게 쓰일 줄 몰랐군."

"하지만 실체가 없다면 역시 의심받을 구석이 있지 않겠소?"

나왕이 물었다.

"난 그렇게 허술한 사람이 아니야. 막초나 마영들은 그 실체를 믿고 있으니까. 왜냐하면 내가 가끔 무영마 노릇을 했거든. 마영 중 충성심이 강한 다섯에게는 무영마의 사람이 될 것을 명하기도 했고. 그러니까 너희들 중 누군가가 무영마가 되기만 하면 되는 거야. 무영마가 되어 막초를 제거하고 나의 유일한 후계자가 되어 나 대신 이천과 싸우는 거다. 어때? 할 만하지?"

혼마 창이 나왕와 사송을 번갈아 보며 물었다.

확실히 매력 있는 제안이다. 그 안에 속임수만 없다면 가능한 일인 듯싶었다.

그러나 과연 이자를 믿을 수 있을까?

나왕이 혼마 창의 눈을 바라봤다.

세상을 조롱하는 듯한 눈빛, 두 팔이 잘리고도 세상 위에 군림하고 있다는 자신감. 그러자 갑자기 그에 대한 신뢰가 생겼다.

'이자는 정말 이 뇌옥 속에서조차 이천과 겨루고 싶은 거다. 우리를 이용해서. 그렇다면……'

"좋소."

나왕이 대답했다.

"하하하! 역시 불사 나왕! 자신들의 처지를 명확하게 깨달았군. 마맹이 아니면 이천으로부터 살아날 가능성이 없다고 판단한 거지?"

순간 나왕의 머리칼이 하늘로 솟구쳤다.

등줄기에는 소름이 돋는다.

마맹을 이용하기로 한 것이 정천과 밀천으로부터 자신들을 지키기 위한 어쩔 수 없는 선택임을 혼마 창은 이미 파악하고 있는 것이다.

"복수의 문제가 아니라 생존의 문제라는 걸 알았군."

나왕이 내심을 감추며 무심하게 말했다.

그러자 혼마 창이 만족한 미소를 지었다.

"바로 그래서 나도 너희들을 신뢰하는 것이다. 이 일은 단지 혈월야에 대한 복수를 넘어, 너희들 십이천문의 생존이 달린 문제니까. 분명히 최선을 다하겠지. 아, 그리고!"

"또 할 말이 있나?"

나왕이 물었다.

"그… 무영마로 적합한 사람을 내가 생각해 두었는데."

"……?"

"소호산에서 날 상대했던 사람들 중 젊은 녀석이 있던데. 그 친구가 좋을 것 같군."

"그대의 제자라면 나이가 좀 있어야 하지 않겠는가?"

나왕이 물었다.

혼마 창의 나이는 이미 팔십 전후다. 그런 자의 제자로 적월은 너무 어렸다.

하지만 혼마 창은 고개를 저었다.

"내가 무영마를 만들어낸 것이 그리 오래되지 않았어. 막초가 게을러지고 감히 내 눈을 똑바로 바라보기 시작한 것이 오 년 전쯤이라서… 그런데 그 친구 나이가?"

"스물다섯 전후."

"헛! 생각보다 더 어리군. 그런데 어떻게 그런 대단한 무공을 가질 수 있지? 이건 정말… 우리 절대삼천도 그 나이에는 그 정도 능력이 없었는데."

혼마 창은 적월의 나이가 서른도 되지 않았다는 것이 놀라운 모양이었다.

"역시 너무 어리겠지?"

나왕이 다시 물었다.

"아니, 아니, 상관없어. 그리고 그 얼굴 그대로 무영마가 될 것은 아니지 않나? 서른 초반의 얼굴이면 되니까. 어렵지 않은 일이지. 내가 간단한 변환술을 가르쳐 줄 수도 있고."

"그건 좀 더 상의해 보도록 하지."

적월에게 무영마의 역할을 맡겨 혼마 창의 후계자가 되게 하는 일은 무척 위험한 일이었다.

마맹에서의 활동뿐 아니라 결국 정천과 밀천 두 사람과 격돌할 것이기 때문이다.

나왕으로서는 신중할 수밖에 없었다.

"뭐, 시간이 필요하다면 그래야겠지. 하지만 아무리 고민해도 결국 그 친구로 결정이 될 거야. 나이가 얼추 비슷할뿐더러 너희들 둘은 세상에 너무 알려져 있으니까. 얼굴을 바꾼다 해도 무공의 특성은 감추기 힘들지."

혼마 창이 이미 결정된 일인 듯 말했다.

"그런데……."

나왕이 갑자기 의문이 생긴 표정으로 입을 열었다.

"뭐지?"

"당신이 후금의 배신을 눈치채고 그를 만나러 왔다는 것을 누가 알고 있나? 이 상황에 갑자기 당신이 사라지고 무영마가 나타나면 당신의 심복들이 의심치 않을까?"

"마영들 말이군."

혼마 창의 말에 나왕이 말없이 고개를 끄떡였다.

"그건 걱정 안 해도 돼. 내가 후금을 만난 것은 일조의 마영들을 제외하고도 몇몇이 알고 있지만, 그 이유가 그자의 배신을 확인하려는 것인지 아는 사람은 오직 일조장과 일조의 마영들뿐이니까. 그런데 뭐… 그 아이들은 모두 죽었지."

소호산 사당에서 혼마를 따라온 마영과 묵영단주를 따라온 묵영단의 마인들은 모두 전멸했다.

"그럼… 그자를 이용할 수 있겠군. 그자가 배신할 가능성이 있다는 걸 아는 자들은 없을 테니. 물론 무림맹에 들어간 간자들이 있을 테지만 그자들에게는 잘못된 정보였다고 알려주면 되는 것이고……."

나왕이 중얼거렸다.

그러자 혼마 창이 눈을 가늘게 떴다.

"설마 후금 그자를? 햐… 이거 머리 좋군. 아니면 후금 그놈이

운이 좋은 건가?"

혼마 창이 일이 재밌게 돌아간다는 듯 실실거렸다.

"아무튼 내일 다시 오지."

나왕이 자리에서 일어났다.

"내일은 분명 그대가 아니라 그 친구가 내 앞에 있게 되겠군."

혼마 창이 모든 일이 자신의 계산대로 될 수밖에 없다는 듯 자신감을 드러냈다.

그러고는 가벼운 미소를 지으며 뒤로 몸을 젖혔다.

그런 혼마 창을 나왕이 한 번 노려보고는 뇌옥을 벗어났다.

*   *   *

적월이 혼마 창의 후계자가 되는 문제를 두고 십이천문 사람들은 갑론을박을 벌였다.

유왕 서리는 너무 위험해서 절대 안 된다는 쪽이었고, 나왕과 사송은 해볼 만한 도박이라고 생각하는 듯 보였다.

오초아나 공예도 반대하는 듯 보였는데, 그녀들로서는 적월의 안위를 신경 쓰지 않을 수 없었다.

그러나 사실 그런 논쟁은 처음부터 필요 없는 일이었다. 애초에 결정은 오직 적월 자신만이 할 수 있는 것이기 때문이었다.

그리고 적월은 이미 뇌옥에서 결정을 내린 상태였다.

"정말 하겠다는 말이냐?"

적월이 모든 논쟁을 멈추게 하고 혼마 창의 제안을 받아들이겠다고 했을 때 역시 가장 안타까워한 사람은 유왕 서리였다.

"좋은 방법이에요."

"하지만 무척 위험한 일이다. 자칫… 너 홀로 마맹에 고립될 수도 있어."

"그렇기는 해도 일이 잘되면 이천을 제대로 상대할 방법을 찾을 수 있을 거예요."

"그래도 난 여전히 반대다. 이미 마천도 잡지 않았느냐? 이천도 다른 방법으로 제압할 수 있을 거야. 이미 그들의 정체를 안 이상……."

서리가 고개를 저으며 말했다.

"마천이 사라진 것을 알게 되면 그들은 분명 본 문을 주시할 거예요. 그럼 우린 숨도 제대로 쉬지 못할 거고요. 그전에… 마천이 건재하다고 그들이 믿게 해야 해요. 그러자면 역시 이 방법이 제일이에요."

"후우……."

유왕 서리가 길게 한숨을 내쉬었다.

"에이, 기왕 이렇게 된 것 한번 해보자고!"

사송이 호기롭게 말했다.

"자기 목숨 아니라고 그렇게 함부로 말하면 안 되죠?"

유왕 서리가 화를 냈다.

"아니, 동생. 내가 어떻게 그런 생각을 하겠어. 소요가 어디 남인가? 혈육이나 다름없다고. 그래도 이 방법이 최선이라 생각해서 하는 말 아니야?"

사송도 이번만큼은 정색을 하며 유왕에게 화를 냈다.

평소 사송이 유왕에게 이렇게 화를 내는 일은 거의 없었다.

사송이 화를 내자 유왕이 이내 사과했다.

"미안해요. 소요가 걱정되다 보니 제 말이 과했어요."

"음음… 아무리 화가 나도… 아무튼 소요가 결심을 했으니 이제 그에 맞게 우리도 계획을 세워보자고."

사송이 화를 삭이며 말했다.

"그 일에는 분명 피가 필요할 것이다."

나왕이 적월을 보며 말했다.

"각오하고 있어요."

마맹의 주인이 되는 일은 그리 간단한 일이 아니다.

마도에서 권력이란 피로서 만들어지는 자리기 때문이다.

"나와 자왕께서는 널 도울 수 없다."

"알아요. 그래서… 환동 형님을 데려가려고요."

"환동을?"

나왕이 의외라는 듯 물었다.

"가장 의심을 사지 않을 사람이에요. 새로 태어났으니까요. 그리고… 무공도 우리 중에는 제일 강할 수 있고요."

환동의 놀라운 무공은 혼마 창을 제압하는 과정에서 이미 모두가 눈으로 목도한 상황이었다.

그는 마영들을 아이 데리고 놀 듯 상대했고, 묵영단주를 단번에 죽음으로 몰아넣었다.

그 전율적인 무공을 십이천문의 고수들은 잊지 않고 있었다.

"하긴… 외려 다른 사람보다 나을 수도 있지. 네 말만 들을 테니까."

사송이 고개를 끄떡였다.

"내일부터 제가 그자를 상대할게요."

적월이 다부진 표정으로 말했다.

혼마 창을 두고 하는 말이다.

혼마 창의 제안대로 적월이 그의 후계자가 되려면 혼마 창으로부터 마천이라는 존재와 마맹에 대한 모든 것을 들어야 한다.

그러자면 시간이 꽤 촉박했다.

"좋아. 그렇게 하자. 네가 마맹의 후계자가 되는 동안 우린 만약의 경우 외곽에서 널 도울 수 있는 세력을 만들어보도록 하마."

나왕이 말했다.

"세력을요?"

십이천문은 작은 문파다. 갑자기 문도를 모을 수도 없다. 세력을 형성하는 것은 그리 쉬운 일이 아니었다.

"십이천문을 키우겠다는 것이 아니다. 단지 우리와 인연을 맺는 문파들을 좀 더 강하게 결속시켜 보려는 것이다. 천하가 혼란해지면… 그들 스스로도 혼란을 버텨낼 세력이 필요해질 테니까."

나왕의 말에 적월이 고개를 끄떡였다.

청부행을 하면서 그동안 적지 않은 무림 문파와 인연을 맺었으니 불가능한 일만은 아닐 것이다.

"아무튼 바빠지겠소이다. 이리저리 뛰어다니려면……."

사송이 말은 그렇게 하면서도 제법 신이 난 듯 보였다.

"조심해야 해요. 항상 밀천과 정천의 눈을 의식해야 한다고요. 특히 밀천은……."

유왕이 주의를 줬다.

"걱정 마. 그들의 존재를 몰랐을 때라면 모를까. 알게 된 이상 그들의 눈은 피할 수 있으니까."

사송이 자신감 넘치는 표정으로 대답했다.

"그럼 각자 할 일을 좀 더 상의해 봅시다."

나왕이 십이천문 고수들을 가까이 불러들였다.

그 밤이 지나고 적월은 홀로 혼마 창이 있는 뇌옥으로 갔다.

*　　　　　*　　　　　*

"클클클, 용기가 가상하군."

뇌옥의 문을 열고 홀로 창살 앞에 선 적월을 보며 혼마 창이 키득거렸다.

"올 줄 알고 있었을 것 아니오?"

적월이 물었다.

"물론… 당연히 올 줄은 알았지. 하지만 혼자 올 줄은 몰랐는걸?"

"다른 분들이 오길 바랐소?"

"글쎄… 불사나 자왕이 오면 좀 더 이야기가 쉬울 것 같았는데……."

"그 말은 날 못 믿겠다는 뜻이오?"

적월이 들고 온 나무 의자를 창살 앞에 놓고 그 위에 앉으며 말했다.

제법 오랫동안 혼마 창과 이야기를 나눌 준비를 해온 것이다.

그 모습을 보고 있던 혼마 창이 혀를 찼다.

"그래도 명색이 스승과 제자의 모양새인데 내 것도 좀 준비해주지. 야박하군."

"살아 있는 것만도 고마워해야 할 것이오."

"킬킬. 그런가? 그런데 자네 이름이……?"

"적월!"

적월이 짧게 대답했다.

"음, 적월이라. 이름 참 살벌하군. 혈월야와 관련이 있나?"

적월은 나왕의 질문을 들으며 역시 뛰어난 자라고 생각했다.

붉은 달이라는 자신의 이름을 금세 혈월야와 연관 짓는 혼마창이다.

"그날 밤 내 양부께서 날 구하셨소."

"양부? 누구? 설마 불사?"

"아니오. 내 양부는 산골 촌부시오. 그 이상은 말해줄 수 없소."

"후후후, 설마 두 팔이 잘리고 뇌옥에 갇힌 날 두려워하는 건가?"

"그 지경을 하고도 정천과 밀천을 상대하려고 하고 있지 않소?"

적월이 차갑게 말했다.

"하하하, 그렇군. 좋은 자세야. 적을 경시하는 것보다야 무겁게 생각하는 것이 좋지. 아무럼… 그런데 자네 무공은?"

"겪어봐서 알 것 아니오?"

적월이 통명스럽게 대답했다.

"참 이상하더군. 불사의 무공과 비슷한 것 같은데… 내 공격을 막아내던 초식은 또 완전히 다르고……."

"사부님께 무공을 배웠으나 다른 무공 역시 수련했소."

적월이 간단하게 대답했다. 너무 명확한 대답이라 혼마 창이 더 물을 말이 없을 정도다.

"음, 그렇군."

혼마 창이 떨떠름한 표정으로 고개를 끄떡이자 이번에는 적월이 입을 열었다.

"처음부터 시작해 봅시다. 대체 절대삼천은 어떤 인연으로 모이게 된 것이오?"

이 질문으로 마천의 후계자가 되기 위한 적월의 준비가 시작됐다.

제3장
마의 세계로

"절대삼천의 시작은 언제요? 아니, 대체 삼천은 어떤 인연으로 시작된 것이오?"

절대삼천의 기원에 대한 적월의 질문이 이어졌다.

"이상한 일이지? 자왕이나 불사는 왜 지금까지 그걸 묻지 않았을까. 가장 먼저 했어야 할 질문인데."

생각해 보면 이상한 일이기는 했다.

그동안 사송은 줄곧 마천 혼마 창에게 다른 이천에 대한 질문을 던지면서도 정작 절대삼천의 기원에 대한 질문은 하지 않았었다.

"그래서 지금 묻는 것 아니오."

적월이 무심하게 말했다.

적월은 혼마 창을 상대하면서 가급적 자신의 감정을 드러내지 않으려 노력하고 있었다.

혼마 창과 같은 인물과 대화를 하면서 감정에 휘말리면 그에게 정신이 제압될 수도 있기 때문이다.

그러자 혼마 창이 뜸 들이지 않고 대답했다.

"아주 간단해. 우린 같은 뿌리에서 자란 서로 다른 가지다."

"그 말은… 선조가 같다는 뜻이오?"

"맞았어."

"어떻게 그게 가능하오?"

적월은 믿을 수 없었다.

비록 세상을 자신의 놀이터라고 생각하는 면에서 비슷하지만, 절대삼천 셋은 서로 다른 성정과 무공을 지니고 있었다.

그런데 그들이 같은 뿌리에서 나왔다니 쉽게 믿을 수 없었다.

"보통의 사람이라면 이해할 수 없지. 하지만 그런 인물이 존재했다. 세상엔 알려지지 않은 신인(神人), 정사마의 무공을 한 몸에 지니고도 평범한 인생을 살다 간 사람이 있지."

"그 사람이 절대삼천의 선조요?"

적월이 되물었다.

"그렇다. 여의선인 순우황, 그 양반이 우리 선조지. 은거 아닌 은거의 삶을 살았는데, 그 이유는 세상에 그분을 상대할 적수가 없었기 때문이다. 그 무료함을… 그분은 참 싫어했던 것 같아. 그래서인지 그분은 세 명의 제자를 두었다. 그리고 그들에게 세 갈래의 무공을 가르쳤다. 이후에는 세 제자의 대결을 즐겼다. 물론 서로 죽이는 것은 용납되지 않았다. 그것이 절대삼천의 시작이다.”

“단지… 무료함을 달래기 위해 세 제자에게 각기 다른 무공을 전수하고 그 싸움을 즐겼단 말이오?”

“설마 무료함을 달래기 위해서이겠느냐? 여의선인 조사의 무공이 워낙 뛰어나서 한 사람의 제자로는 그 모든 것을 이어받을 수 없었기 때문이지. 그래서 각기 무공의 성격을 달리해 세 갈래의 무공을 전수한 것이다. 그럼에도 불구하고 무공의 절반도 전해지지 못했다고 하더군. 물론 이건 나도 전대의 마천으로부터 들은 이야기니 진실 여부는 알 수 없고.”

마천이 심드렁하게 말했다.

그의 태도로 보아선 자기 선조들의 이야기는 별로 관심이 없는 듯 보였다.

이 또한 보통의 무인들과는 다른 면이 있었다.

“그런데 어쩌다가 무공이 아닌 세상을 둔 놀이를 시작하게 된 거요?”

“아, 그거? 그건 우리 세 사람의 작품이지.”

이 질문에는 혼마 창의 눈빛이 반짝였다. 마치 죽어가던 사람이 생기를 되찾은 모습이다.

“그럼 당신들 이전까지는 여전히 서로의 무공만 비무 형태로 겨뤘다는 뜻이구려?”

“그렇지. 그런데 승부가 나질 않더라고. 그리고 설혹 승부가 나더라도 다른 사람의 무공을 얻을 수는 없었지. 알다시피 이미 각자 그 자신이 지닌 자질의 한계만큼 무공을 수련한 상태였으니까. 더군다나 서로 죽이는 것은 조사의 유훈에 의해 금지되어 있었으니 비무는 재미가 없었지. 그래서……"

"그래서 천하를 둔 놀이를 시작한 것이구려?"

"음, 조사의 유훈이 절대적인 것은 아니지만 그 유언 중에는 무림의 권력을 탐하는 데 당신의 이름과 무공을 쓰지 말라는 유언이 있었거든. 지금에 와서야 그따위 유언 지키나 마나 한 것이지만 그래도 우리가 젊었을 때는 그 유언이 힘을 발휘했지. 그래서 우리가 아닌 다른 사람들을 이용해 천하를 둔 싸움을 시작한 거야. 어때. 이해가 가나?"

혼마 창이 절대삼천이 강호무림의 운명을 건 정사대전 놀이를 시작한 것을 이해받으려는 듯 적월에게 물었다.

"결국… 욕심들은 있었다는 말이구려."

"응?"

"그런 놀이를 시작한 것이 무료해서가 아니라 조사의 유훈을 어기지 못한 분풀이 같은 것으로 생각돼서 말이오."

적월의 말에 혼마 창이 눈을 끔뻑거리며 적월을 바라봤다. 그러다가 풀이 죽은 모습으로 대답했다.

"생각해 보니 네 말이 맞는 것도 같군. 사실… 우리가 스스로 하늘임을 자처하지만 사람이 어떻게 하늘이겠어. 우리도 사람이고 욕심이 있지. 하물며 천하를 손에 쥐고 흔들 능력이 있는데. 음… 맞아. 욕망을 해결하지 못한 화풀이 같은 것이겠지. 그리고 그것으로는 도저히 만족하지 못한 그자들이 어쩌면 세상을 직접 욕심내기 시작한 걸까?"

아마도 다른 이천이 자신을 공격한 것에 대한 이유가 거기에 있다고 생각하는 듯했다.

혼마 창이 그렇게 생각하는 것이 적월에게 나쁜 것은 아니었다.

정천이나 밀천에 대한 분노가 강할수록 적월에게 더 많은 것을 줄 수 있는 사람이기 때문이었다.

그러나 그런 기대를 밖으로 드러낼 수는 없다.

"뭐부터 하면 되겠소?"

적월이 무심하게 물었다.

당신들 사정에는 별 관심이 없다는 말투다.

"음, 성격은 불사를 닮은 모양이군."

감정을 드러내지 않는 적월을 보며 혼마 창이 불만스러운 표정으로 말했다.

필요한 것 이상의 대화를 하고 싶지 않아 하는 적월이 아쉬운 모습이다.

"우리에겐 시간이 많지 않소."

적월이 단호하게 말했다.

"하긴… 내 제자 노릇을 하려면 시간이 많지 않지. 가장 먼저 해야 할 것은 내 무공 몇 개를 익히는 것이겠지."

"지금 그게 가능하다고 생각하오?"

적월이 되물었다.

혼마 창은 고수다.

그것도 절대의 경지에 오른 고수. 천하를 손에 넣을 능력을 지닌 자의 무공을 며칠 사이에 뚝딱 얻을 수는 없다.

긴 시간이 필요한 일이다. 그런데 지금 적월과 혼마 창에겐 무공이나 수련하고 있을 시간이 없었다.

그런데 혼마 창이 이런 무학의 상식에서 벗어나는 말을 했다.

"가능하다."

"…내가 어리다고 날 우습게 보는 것이오?"

"아니. 그럴 리가 있나. 불사의 제자인데. 더군다나 이미 네 무공을 경험하지 않았느냐? 솔직히 말해 난 경악스러웠다. 네 나이에 그런 무공이라니. 그래서 가능하단 것이다. 네가… 무공의 한경지를 얻었다면, 나의 무공 몇 개는 그 원리만 이해해도 쉽게 얻을 수 있을 테니까. 그중에서도 가장 중요한 것은… 혼천안이다."

"지금 나에게 사술을 익히라는 것이오?"

혼천안은 혼마 창을 대표하는 무공이다.

악명 또한 높았다.

정파에서는 혼천안을 섭혼의 사술로 인식하고 있었다.

아무리 혼마 창의 숨겨진 제자 노릇을 해야 한다지만 그런 사술을 익히는 것은 내키지 않는 일이었다.

"너… 내 선조가 누구라고 했지?"

"여의선인 순우황이라고 하지 않았소?"

"그 양반이 정사에 더해 밀공까지. 세상 모든 무공을 집대성한 양반이라는 말을 잊은 건 아니겠지?"

"물론 기억하고 있소. 믿을 수 없지만……."

"믿든 안 믿든 상관없다. 다만 혼천안이 네가 생각하는 그런 사술만은 아니라는 걸 말하고 싶은 거다. 만약 혼천안을 내가 아닌 소림의 중이 선보였다면 세상은 아마도 그걸 사술이 아닌 선공의 정수라고 말했을 것이다."

혼마 창의 표정과 말은 확신에 차 있었다.

그래서 적월 역시 쉽게 반박하지 못했다. 하지만 여전히 그의 말을 믿는 것은 쉽지 않았다.

하지만 그렇다고 그의 무공을 전혀 모르고 그 제자 노릇을 할 수는 없었다. 일단은 받아들일 수밖에 없는 제안이다.

"좋소. 해봅시다."

"후후, 늘그막에 제자 하나 얻었군."

"분명히 해둡시다. 난 당신 제자가 아니오."

"네가 어찌 생각하든 상관없다. 내 무공을 전수하면 제자인 거지. 흐흐흐."

작은 승리를 거둔 사람처럼 혼마 창이 득의한 웃음을 흘렸다.

적월은 그런 혼마 창의 행동에 더 이상 아무런 대응도 하지 않았다. 이런 인물은 상대를 해주면 해줄수록 손해인 것을 알기 때문이다.

아무튼 그렇게 적월은 혼마 창의 무공을 전수받기 시작했다.

알 수 없는 일이었다.

마도 최고수였던 마천 혼마 창의 무공이다. 그것도 사술로 알려진.

그런데 정신은 수련할수록 맑아졌다. 그 어디서도 마공의 흔적을 찾을 수 없었다.

나왕과 사송, 그리고 유왕조차도 놀라는 눈치였다.

적월은 혼마 창의 무공을 배우면서 하루마다 그 내용과 몸의 변화를 세 사람과 상의했다. 혹시라도 마공의 부작용이 나타날 것을 우려했기 때문이다.

마공 수련으로 인한 부작용은 대체로 그 사람의 몸보다는 정신이나 마음의 변화로 나타나기 때문에 수련자 자신보다는 곁에 있는 사람이 그 변화를 먼저 알아챌 수 있었다.

그런 면에서 나왕 등이 적월의 곁에 있는 것은 큰 행운이었다.

그러나 애초의 우려와 달린 적월은 사법(邪法)이라 불린 혼천안을 수련하면서도 전혀 부작용이 없었다.

오히려 정신은 맑아졌고, 세상을 보는 눈 역시 밝아지는 느낌이었다.

"이런 무공이 사법일 수는 없는데……."

사송이 점점 맑아지는 적월의 눈을 보며 한 말이었다.

두려움을 동반하지도 않았다.

본래 사람의 내심을 꿰뚫어 보는 안광을 지닌 사람은 타인에게 본능적인 두려움과 경계심을 일으키지만, 적월의 눈빛은 외려 사람들을 끌어들이는 듯한 흡입력을 갖기 시작했다.

그래서일까. 공예와 오초아가 적월을 보는 표정들이 좀 더 간절해진 것을 빼면 적월이 혼마 창의 혼천안을 수련해 일어난 부작용은 없었다.

그렇게 한 달여의 시간 동안 적월은 혼마 창으로부터 두 가지 무공을 전수받았다.

강력한 사공으로 오해했던 혼천안과 혼마 창의 비밀스러운 독문 무공으로 알려진 파천일지(破天一指)라 불리는 지법이었다.

파천일지. 가벼운 피리 소리가 일어나는 지법으로 그 이름처럼 대단한 파괴력을 지닌 것은 아니었지만 진기를 가늘게 뽑아

내 소리보다 빠른 속도로 적의 급소를 공격할 수 있는 지법이었다.

진기의 소모도 많지 않아서 한 명의 적은 물론, 다수의 적을 상대하는 데도 무척 유용한 무공이었다.

이 두 가지 무공 수련에 한 달의 시간 보낸 적월은 이제 혼마 창을 떠날 시간이 되었다는 것을 깨달았다.

두 가지 무공 모두 흉내 내는 것 이상의 성취가 있었고, 더 이상의 진보를 원한다면 이젠 정말 많은 시간이 필요하다는 것을 스스로 깨달았기 때문이다.

*   *   *

"각 조의 조장들을 제외한 마영들은 이름을 쓰지 않는다. 열두 개의 조로 구성되어 있고, 각 조에 열 명씩의 마영이 속해 있지. 부를 때는 각 조의 몇 호 뭐 이런 식으로 부르는데 그 아이들의 신상명세는 내 머릿속에만 남아 있지."

"그들의 얼굴을 모르는데 내가 그들을 알아볼 수 있겠소?"

혼마 창의 말에 적월이 걱정스럽게 물었다.

마맹에서, 아니, 마도에서 혼마 창을 대신하려면 가장 먼저 마영들을 장악해야 한다.

적월 개인의 능력을 제외하면 마영의 주인이 되는 것이 혼마 창의 후계자가 되는 가장 확실한 방법이기 때문이었다.

그러자면 혼마 창의 머릿속에 있는 마영들의 정보를 적월도 모두 알아야 한다.

그러나 자신이 직접 고르고 뽑은 사람들을 기억하는 것과 얼굴 한 번 보지 않은 사람들을 기억해야 하는 것은 완전히 다른 문제였다.

그래서 적월이 마영들을 자연스럽게 장악하는 것을 걱정하는 것은 당연한 일이었다.

"모두를 알 필요는 없다. 그들조차도 서로를 제대로 알고 있는 것은 아니니까. 열두 명의 조장과 그중 무영마를 따르도록 한 육조의 다섯 명 정도만 확실히 알면 돼."

"육조 마영에게 무영마를 따르도록 한 모양이구려."

"그렇지. 그래서 그들이 가장 중요해. 그들의 마음을 얻는 것 역시 중요하지."

"알겠소."

적월이 덤덤하게 대답했다.

이상하게 혼천안을 수련한 후로는 사람의 마음을 움직이는 데 자신감이 생긴 적월이었다.

"혼천안을 왜 수련토록 했는지 이해가 되지?"

적월의 마음을 읽었는지 혼마 창이 음침한 미소를 지으며 물었다.

"도움이 될 것 같구려."

적월 역시 혼천안의 효용성을 부인하지 않았다.

"일단 육조의 마영들, 특히 그 다섯. 내가 무영오마라고 그럴싸한 이름을 붙여준 놈들을 장악해. 이후에는 마영십이조 조장들을 장악하고. 그 이후에 막초를 도모해야 해. 아, 막초를 먼저 베는 것도 좋겠군. 그럼 좀 더 쉽게 마영들을 장악할 수 있을 테니."

막초는 혼마 창의 제일제자로 혼마 창이 부재할 때는 그를 대신할 수 있는 첫 번째 인물이었다.

이미 마맹의 고수들도 그 존재를 알고 있는 인물. 그러므로 아마 지금쯤이면 두어 달 이상 보이지 않는 혼마 창의 자리를 대신하고 있을 가능성이 컸다.

적월이 혼마 창을 대신해 마영들과 마맹을 장악하기 위해서는 반드시 제거해야 하는 인물이었다.

"막초란 자를 돕는 사람들은 누구요?"

"제사조의 마영들이지. 도검악이라는 친구가 조장인데 무척 무서운 아이들이다. 살수에 능하니까."

혼마 창이 정색을 하는 경우는 드물다.

그런데 마영사조에 대해 이야기할 때 그의 얼굴에는 장난기가 하나도 없었다. 그만큼 일제자 막초를 따르는 사조의 마영들이 위험하단 의미였다.

"사조 전체를 제거해야 하오?"

적월이 물었다.

"사실 그럴 필요까지는 없는데… 만약 막초를 먼저 제거할 수 있다면 도검악을 잘 구슬려 봐. 하지만 복종을 거절하면 그 자리에서 죽여. 적어도 내 제자인데 그 정도 독심은 보여줘야 하지 않을까? 아니, 전부를 죽이는 게 더 효과적일까?"

혼마 창이 고개를 갸웃했다. 사조 전체를 죽이라는 뜻이다.

오랜 세월 자신을 따랐던 자들임을 생각하면 비정한 제안이었다.

그러나 적월 역시 혼마 창의 생각에 동의하고 있었다.

아직은 피에 익숙하지 않은 적월이지만, 그가 완벽한 혼마 창의 제자가 되기 위해선 마인들을 베는 데 사정을 둘 수 없다는 것을 누구보다 잘 알고 있었다.

"알겠소."

적월이 동의하자 혼마 창이 빙긋 미소를 지었다.

"좋아. 정말 내 제자가 된 것 같군. 그럼 일단 마영십이조의 조장들에 대해 말해주지. 아니, 십일조장들이군. 일조장은 날 따라왔다가 사당에서 너희들에게 죽었으니까."

어쩌면 혼마 창은 적월을 진짜 제자로 생각하고 있는 것 같기도 했다.

그는 자신이 알고 있는 모든 것, 자신이 가졌던 모든 것을 적월에게 물려주겠다는 기세로 마영들에 대해, 그리고 그들을 장악하는 방법과 그들을 어떻게 쓸지에 대해 설명하기 시작했다.

*　　　　*　　　　*

적월이 낯선 자신의 얼굴을 무심하게 들여다봤다.

거울에 비친 얼굴은 어제의 자신과 무척 닮아 있었지만, 또한 어제의 자신은 분명 아니었다.

이 역시 혼마 창의 작품이다.

혼마 창은 마도의 절대고수답게 환골법에도 능했다. 그가 가르쳐 주는 대로 몇 번의 운기를 통해 얼굴 주변 혈도를 조절하자 적월은 좀 더 강한 인상의 삼십 대 초반 사내로 변했다.

물론 십이천문 사람들은 얼굴이 변했다 해도 그를 보는 순간 그가 적월임을 알 수는 있었다.

그러나 모르고 보았다면 무척 닮은 사람이 있구나 하고 생각할 정도의 변화였다.

비슷하되 다른 사람으로 변한 자신의 얼굴이 적월은 낯설었다.

"어색해……."

적월이 중얼거렸다.

평소 과격하기보단 유한 성정의 적월이지만 지금 거울에 비친 얼굴로 살아가자면 상당히 과격한 성격으로 변할 것 같은 생각이 들었다.

"혹시?"

적월이 스스로 자신에게 의심을 가져보았다.

그동안 혼마 창의 무공을 익히면서 자신의 성정이 변한 것이 아닌지 의심해 본 것이다.

그러나 이내 고개를 저었다.

이 얼굴을 어색해하는 것은 그의 성정이 변하지 않았다는 뜻일 것이다.

"좋아. 시작해 보자."

적월이 새삼스레 마음을 다잡고 방문을 열고서 밖으로 나왔다.

"제길, 잘난 놈은 어떻게 해도 잘났군."

사송이 투덜거렸다.

삼십 대 초반의 나이로 변한 적월을 보며 한 말이다.

얼굴이 강인하게 변했음에도 적월은 여전히 미남이었다. 물론 변하기 전과는 느낌의 차이가 있었다. 부드러움에서 강인함, 이 두 가지 느낌의 변화가 있었지만 어쨌든 잘생긴 것은 잘생긴 것이었다.

"애초에 타고난 골격 차이죠."

유왕 서리가 웃음기 없이 사송을 놀렸다.

"그런 말 말아. 불사께서도 계시는데……"

사송이 슬쩍 말의 불씨를 나왕에게로 옮겼다.

그러나 나왕은 자신의 외모를 가지고 논쟁을 할 생각은 없어 보였다.

"불편하지는 않느냐?"

혈도를 조절해 변화시킨 얼굴이므로 어색함이 있을 수 있었다.

"약간 어색하기는 한데 오히려 그 점이 좋은 것 같습니다. 이 어색함이 끊임없이 제가 적월이 아니라 무영마라는 것을 일깨워 줄 테니까요."

"음… 하긴 그런 자극이 나쁜 것은 아니지."

나왕이 고개를 끄떡였다.

"그래도 조심해야 한다. 너도 알겠지만 무림 고수들의 눈은 보통 사람보다 훨씬 날카로워."

유왕이 당부했다.

"걱정 마세요. 다행히 혼마는 평소에도 얼굴을 감추고 살아서 마도에서도 그는 비밀에 싸여 있으니까요. 마영들만 장악하면

절 의심하는 사람은 없을 겁니다. 신패도 있고요."

적월이 품속에서 혼마 창에게서 받은 두 개의 신패를 꺼내 보였다.

두 개 모두 손바닥 안에 숨겨질 만큼 작은 크기였다.

하나는 황금빛 모양의 신패로 천(天)이 새겨져 있었는데 절대 삼천의 신분을 증명하는 신패다.

만약 적월이 이 신패를 가지고 정천이나 밀천을 만나면 그들은 적월을 혼마 창의 후계자로 인정하게 될 것이다.

두 번째 신패는 검은 묵빛 신패였는데, 한가운데 음각으로 마(魔) 자가 새겨져 있었다.

이는 마맹의 맹주인 혼마 창의 신분을 증명하는 신패였다.

이 신패를 지니고 있다는 것은 그가 곧 혼마 창의 모든 것을 대신할 수 있다는 의미였다.

혼마 창의 수족인 마영들을 부리거나, 혹은 혼마 창이 만든 마맹에서 그를 대신할 권한을 보장해 줄 신패였다.

당장은 금빛 신패보다 더 적월에게 필요한 신패이기도 했다.

"그렇긴 하다만… 그런데 정말 그자를 믿을 수 있을까요?"

유왕 서리가 갑자기 사송에게 물었다.

"누구?"

"누구긴 누구예요. 그 운 좋은 사람이죠."

"아, 후금!"

사송이 떨떠름한 표정으로 후금의 이름을 입에 올렸다.

구중천주 후금의 인생은 또 한 번 큰 변화를 맞이했다.

무공이 폐쇄되어 시골 촌부로 살아갈 운명이었던 그는 운 좋게도 다시 구중천의 천주 신분으로 돌아가게 됐다.

마맹에서 적월을 도와줄 사람이 필요했기 때문에 결정된 일이었다.

후금은 생애 최고의 행운을 잡은 사람처럼 기뻐했다.

다시 구중천주로 돌아갈 수 있게 되었을 뿐 아니라, 그는 새로운 마도의 맹주가 될 예정이었다.

후금을 앞세우고 적월은 장막 뒤의 지배자로 군림한다는 것이 십이천문의 계획이었다.

후금이 맹주가 되는 것도 그리 어려운 일이 아니었다.

구중천은 여전히 마도의 중심이었고, 하물며 마맹의 결성을 주도한 혼마 창이 그를 새로운 맹주로 인정했다는 말이 전해지면 당연히 마맹은 그의 손에 들어갈 것이다.

물론 모든 것이 좋은 것은 아니었다.

후금에게는 무서운 제약이 주어졌다.

후금을 다시 이용할 거라는 적월의 말에 혼마 창이 혼천안의 사악한 면을 보여주었기 때문이다.

혼천안은 정사의 구분이 모호한 무공이어서, 수련자의 입장에서 보자면 정공이나 사법 어느 쪽으로 사용이 가능했다.

그중 사법으로 볼 수 있는 것이 섭혼의 능력이었다.

혼마 창과 대결을 할 때 그의 눈을 보지 말아야 하는 이유가 바로 이 섭혼의 능력 때문이었다.

혼마 창은 적월에게 그 섭혼의 능력을 후금에게 사용하기를 권했다.

시전자에게 복종하기를 거부할 경우 극도의 고통 속에서 죽어 갈 수밖에 없는 섭혼의 술, 적월로서는 탐탁지 않은 방법이었지만, 후금을 다시 마도로 돌려보내기 위해선 반드시 필요한 방법이기도 했다.

물론 혼천안의 정수에 이르지 못한 적월이 섭혼의 술을 쓰려면 그 대상자인 후금의 동의와 도움이 필요했다.

그 스스로 자신의 정신을 적월에게 내놓아야 하기 때문이었다.

보통의 무인이라면 결코 받아들일 수 없는 일. 그러나 후금은 너무 쉽게 그 제안을 받아들였다.

물론 '나중에는 이 섭혼의 저주를 풀어줄 거라 믿겠소'라는 제법 다부진 다짐을 받아내기는 했지만.

그렇게 적월에게 자신의 정신 일부를 내어준 후금이 십이천문을 떠난 것이 이틀 전이다.

그리고 이제 적월이 천화산 십이천문을 떠나려 하고 있었다.

"연락 방법은 잊지 않았지?"

나왕이 물었다.

"걱정 마세요. 모두 숙지하고 있어요."

"후우… 이제부터는 정말 금림의 도움이 중요하게 되었구나. 잘 해내야 할 텐데."

마맹에 들어가는 적월과 십이천문 사이의 연락은 비상시가 아니면 금림의 도움을 받기로 했다.

본래 상인들이란 정사양도 모두와 거래를 하기 때문에 적월이 마맹의 실권을 장악하면 자연스럽게 금림과 거래할 수 있었다.

나왕이 금림의 림주 여망을 십이천문의 문도로 끌어들인 것이 이렇게 십이천문에 큰 도움이 되고 있었다.

"여망 형님은 노련한 분이라 걱정할 필요 없을 거예요."

"그렇긴 하지. 강단도 있고."

"마맹에서 자리를 잡으면 직접 마맹으로 여망 형님을 부를 수도 있고요."

"음, 상인이니 의심을 사지는 않겠지."

나왕이 고개를 끄떡였다.

"갈게요."

"조심해야 한다."

떠나려는 적월의 손을 유왕 서리가 잡으며 말했다.

"조심해요, 오라버니."

"잘해요."

공예와 오초아도 앞다퉈 적월에게 당부를 했다.

"하하, 죽으러 가는 것도 아닌데 다들 표정이 왜 이래요. 한판 잘 놀다 올 테니 너무 걱정들 마세요. 환동 형님, 가요!"

적월이 환동에게 말하고는 훌쩍 몸을 날렸다.

마치 십이천문을 떠나는 데 아무런 미련이 없는 사람처럼 가벼운 발걸음이다.

"어어!"

환동이 육포를 씹다 말고 얼떨결에 적월을 따라 몸을 날렸다.

두 사람의 모습이 순식간에 비룡벽 아래로 사라졌다.

"후우… 잘한 결정인지 모르겠어요."

적월과 환동이 사라지자 유왕 서리가 깊게 한숨을 쉬며 말했다.

"잘 해낼 거야. 저 아이는 이미 우리의 경지를 넘어선 지 오래야."

사송이 말했다.

"그래도… 여전히 어리죠."

"우리 눈에나 그런 거지. 아니 그렇소?"

사송이 나왕에게 물었다.

그러자 나왕이 고개를 끄떡였다.

"맞소. 저 아이는 이미 나도 넘어섰소."

*　　　*　　　*

짧은 여행은 아니었다.

그러나 여행이 길게 느껴지진 않았다.

환동은 특별한 사람이었다.

적월은 환동이 누구인지, 그가 어떤 과거를 가졌는지, 그리고 어떤 일을 겪고 지금의 모습이 되었는지 누구보다 잘 알고 있었다.

천산에서 대량이었던 환동을 보았고, 그와 겨뤘으며, 그가 학사검 종선이 건넨 신마혈단을 복용하고 지금의 상태로 변하는 과정을 모두 지켜보았다.

그래서 처음 그는 환동에 대해 좋은 감정을 가질 수 없었다.

수백 명의 무인을 죽인 사람이 아닌가. 비록 어린애 같은 순수함으로 가득 찬 사람이 되었지만, 그래도 그의 과거가 사라지는 것은 아니었다.

하지만 십이천문에서 함께 생활하면서, 환동의 과거에 대한 부정적인 감정은 서서히 퇴색되었다.

그리고 언제부터인가 지금의 환동, 전신극의 주인 대량이 아닌 식탐 많은 소년인 환동을 좋아하게 된 적월이었다.

그런데 환동과 단둘이 여행을 하면서 적월은 환동의 또 다른 면을 발견하고 있었다.

열 살 어린애라고 모두 경망스러운 것은 아니다.

십이천문을 떠나기 전 환동은 문파의 고수들, 특히 유왕 서리에게 귀에 못이 박히도록 잔소리를 들었다.

적월과 함께 다닐 때는 적월을 무영마로 부르고 절대 본래 이름을 말하면 안 된다는 것, 적월이 시키는 것만 해야 한다는 것, 함부로 혼자 다른 곳으로 가면 안 된다는 것 등 열 살 지능의 사람이 받아들이기에는 복잡한 일들까지 며칠 동안 주의를 준 유왕 서리였다.

환동은 그때마다 고개를 끄떡이면서 알았다고 했지만, 십이천문의 사람들 중 환동이 유왕의 당부를 모두 기억하고 행할 거라 생각하는 사람은 없었다.

그런데 놀랍게도 환동은 그 모든 것을 기억하고, 그대로 행동했다.

여행을 하며 환동은 적월의 본명을 절대 입에 올리지 않았다.

그는 적월을 철저하게 '무영마 님'이라고 불렀다.

당분간 혼마 창의 제자로 살아가야 하는 적월조차도 무영마라는 신분이 어색한 상황이었다.

그런데 환동이 계속 자신을 무영마라고 부르자 어느새 적월조차 그 별호에 익숙해질 정도였다.

더군다나 환동은 십이천문에서와 달리 말도 많이 하지 않았다.

물론 가끔 배가 고파 먹을 것을 찾는 투정은 내뱉기는 했지만, 그조차 예전처럼 자주 있는 일은 아니었다.

그리고 가끔 적월을 놀라게 했다.

어떨 때 환동은 어린애 같지 않은 말을 불쑥 입에 올렸다.

그럴 때면 적월은 정말 환동이 십여 세의 지능을 지닌 사람이 맞을까 하는 의구심을 가질 정도였다.

물론 그 의구심이 의심으로 이어지지는 않았다.

환동이 금세 본래의 지능에 맞는 모습으로 돌아왔기 때문이다.

오늘도 그런 날 중 하나였다.

"내가 뒤에 있을 테니. 무영마 님은 아무 걱정하지 마. 누구도 무영마 님을 해치지 못해. 내가 있는 이상. 그러니까 무영마 님은 걱정 말고 하고 싶은 대로 해도 돼."

마치 큰형이 어린 아우에게 하는 말 같았다.

그런데 더 이상한 것은 환동에게 그 말을 듣는 순간 적월의 마음이 어느 때보다도 편안해졌다는 것이다.

정말 환동이 세상의 모든 위험으로부터 자신을 지켜줄 것 같은 느낌이 들었다.

이건 어린 시절 그가 불사 나왕과 함께 있을 때 느꼈던 감정이었다.

그래서 혹시 환동이 전신극의 주인 대량의 정신을 다시 되찾은 것이 아닐까 의구심이 드는 순간, 환동의 한마디에 금세 그런 의구심은 사라졌다.

"대신 맛있는 걸 많이 줘야 해."

환동의 말에 적월이 가볍게 미소를 지었다.

환동은 환동이다.

어린 나이의 지능이라서 더 믿을 수 있는 십이천문의 일원이었다.

"알았어요."

적월이 뒤늦게 대답했다.

"히히, 좋아. 그럼 아무도 무영마 님을 건드리지 못해."

환동은 적월이 후금에게 심어놓은 혼천안의 제약보다도 더 강력하게 유왕 서리의 말을 머리에 각인시킨 것 같았다.

간혹 반발과 존대를 혼동해 쓰기는 했지만 꼬박꼬박 적월을 무영마 님이라 부르는 것은 잊지 않았다.

"나도 형님을 믿어요."

적월은 마맹에 들어가서도 환동을 어린 지능을 가진 형님으로 모두에게 소개할 생각이었다.

애초에 환동의 지능을 생각했을 때 다른 신분으로 변신시키는 것은 불가능했다.

그래서 아예 처음부터 환동을 있는 그대로 마도인들에게 드러낼 생각이었던 것이다. 그것이 환동을 데리고 있으면서도 의심을 사지 않을 수 있는 가장 좋은 방법이었다.

그런데 그때, 갑자기 환동이 눈빛을 빛내며 입을 열었다.

"온다."

환동의 시선이 적월의 어깨 뒤쪽 어두운 들판을 바라봤다.

멀리서 사람의 형상들이 어둠 속에 느껴졌다. 적월이 자연스럽게 품속에서 한 장의 검은 면사를 꺼내 얼굴을 가렸다.

후우웅!

차가운 밤바람이 불었다. 어스름한 달빛이 낮은 풀들을 한쪽으로 쓸어갔다.

그 너른 벌판 끝에 작은 야산이 있었는데, 야산치고는 숲과 바위가 어우러진 제법 험한 산이었다.

장안 서쪽, 사천으로 가는 길목에 위치한 이 황량한 벌판 위의 야산에서 적월은 누군가를 기다리고 있었다.

그리고 자정이 가까워질 무렵 황량한 들판을 달리는 자들이 있었다.

스스스!

모두 다섯. 들판을 달리는 속도가 범상치 않다.

마치 바람에 누운 풀들을 밟고 달리는 듯한 모습이다.

무림에 풀 끝을 차고 달린다 하여 초상비라 부르는 경공의 한 경지가 있다.

그런데 어둠 속에 나타난 자들은 바로 그 초상비를 연상케 하는 움직임을 보이고 있었다.

투툭!

빠르게 들판을 달리던 자들이 한순간 걸음을 멈췄다.

그제야 들판의 풀들이 사내들의 몸무게를 받아 땅에 바싹 엎드렸다.

사내들은 모두 복면을 하고 있었다. 복면 속에서 그들의 눈이 작은 야산의 한 부근을 주시했다.

그때 그들의 시선이 닿은 곳에서 작은 불빛이 세 번 번쩍였다.

"오셨군."

불빛의 신호를 본 사내 중 한 명이 말했다.

"오늘은 무영마 님의 존안을 제대로 볼 수 있을지 모르겠소."

"음… 이렇게 만나자고 하시는 것은 처음이니 아마도 뵐 수 있지 않겠나?"

"어떤 분일까요?"

다른 복면인이 중얼거렸다.

"글쎄… 지금까지 몇 번 뵙기는 했지만, 제대로 존안을 뵌 적이 없으니 나라고 알 수 있나. 하지만 한 가지 사실은 확실하네. 무영마 님을 만날 때마다 거부할 수 없는 전율 같은 것을 느꼈네. 그 느낌으로 보건대 무영마 님의 무공은 혼마 님에 근접한 것 같았네."

"그렇게까지요?"

"음……."

"대제자께서 극도로 경계하신다는 말이 있던데, 정말 절대마룡 님에게 위협이 될 만한 능력을 지니신 것이군요."

말을 하는 복면인의 목소리에는 숨길 수 없는 기대감이 담겨 있다.

"말조심하게. 누가 뭐래도 지금 혼마 님의 후계 서열 일 위는 절대마룡이시네. 괜히 그런 말을 하고 다녔다가 무영마 님이 곤란해질 수 있어."

"알겠습니다. 하지만 그래도 전 기대가 됩니다."

"후우… 혼마께서 아직 건재하시네. 그러니 후계자를 논할 때는 아니지. 하지만 먼 훗날에는 또 모르지. 무영마께서 우릴 찾으신 걸 보면 본격적으로 활동을 시작하시려는 것 같기도 하고. 혼마께서 무영마 님의 무림행을 허락하셨다면. 음, 그만하세. 일단 만나 뵙고. 너무 늦으면 노하실 걸세."

복면인이 다시 풀밭을 달리기 시작했다.

그러자 누웠던 풀들이 다시 일어나 복면인들의 발을 밀어냈다.

혼마 창은 무림 곳곳에 자신의 수족인 마영들을 부를 수 있는 장소를 정해놓고 있었다.

예를 들어 장안 인근에서 활동하는 마영들을 부를 때는 장안성내 정해진 장소에 자신의 표식을 남겨둔다.

그러면 그 표식을 확인한 마영들이 성에서 멀리 떨어진 약속된 장소에 이틀 후 나타나는 식이었다.

그런 식으로 혼마 창은 열두 개 조로 운영되는 마영들을 움직였다.

간혹 무림맹에 잠입해 있는 마영들을 만나기 위해 대범하게 무굴산 인근 마을까지 다녀오기도 했다는 혼마 창이었다.

아무튼 그래서 적월이 혼마가 가상의 제자 무영마를 위해 준비시켰다는 마영육조를 찾는 것은 어렵지 않았다.

장안 성내의 작은 포목점에 마영육조만이 알아볼 수 있는 무영마의 표식을 남겨두면 끝이기 때문이었다.

혼마 창이 알려준 방법대로 표식을 남긴 지 이틀, 정말 마영육조의 마영들이 약속된 장소로 달려오고 있었다.

적월은 어둠 속에서도 마인들의 기척을 명확하게 느끼고 있었다.

오랜 수련 끝에 완성한 무공을 가진 자들만이 만들어낼 수 있는 기운들이 느껴진다.

실체가 없는 듯하면서도 한편으로는 강한 살기를 가진 자들, 그런 자들이 다섯이다.

스스스!

밤바람을 타고 서늘한 한기가 한차례 불자 그들이 바람을 타고 모습을 드러냈다.

그러고는 적월을 보자마자 그 자리에 부복했다.

"무영마 님을 뵙습니다."

적월은 부복한 자들을 보며 조금 허탈한 느낌이 들었다.

이런 정도라면 무영마가 되기 위해 혼마 창의 무공을 익히고 얼굴을 바꿀 필요가 있었을까 싶었다.

나타난 자들, 마영육조의 다섯 마인들, 혼마 창이 무영오마라 이름 붙인 자들은 처음부터 적월에 대해 어떤 의심도 갖지 않았다.

거의 절대적인 복종, 그들은 적월을 오랜 세월 만나 온 사람처럼 대했다.

하지만 적월은 이내 고개를 저었다.

그가 혼마 창에게 무공을 배우고, 얼굴을 바꾸고, 그에게 마도의 삶을 배운 것은 단순히 부복한 무영오마를 속이기 위함이 아니었다.

그가 혼마 창에게 배운 것들은 앞으로 그가 마맹을 장악하고, 정천과 밀천을 상대하기 위함이었다.

"처음인가? 무영오마가 한 번에 날 만나는 것이……."

잠시 상념에 잠겼던 적월이 면사 속에서 무심하게 입을 열었다.

"그렇습니다."

복면인 중 한 명이 대답했다. 이전에 잠시 만날 때도 무영마는 항상 면사로 얼굴을 가리고 있었다.

"그대가 천이지?"

"기억해 주시어 감사합니다."

말을 하던 복면인이 머리를 땅에 대었다.

"그대들이 날 볼 수 없었다고 내가 그대들을 볼 수 없었던 것은 아니지."

무심한 적월의 말에 다섯 마인들의 몸이 잘게 떨렸다.

보이지 않은 곳에서 자신들의 일거수일투족을 살피고 있었다는 무영마의 말이 그 어떤 협박보다 두렵게 느껴졌기 때문이다.

"무영마께 충성을 다하겠습니다."

두려움은 그들조차도 예상치 못한 말을 뱉어내게 만들었다.

충성을 맹세하는 복면인들을 보며 적월이 여전히 무심한 말투로 말했다.

"목숨을 바칠 수 있나?"

"물론입니다."

복면인이 대답했다.

"좋아. 마침 목숨 바칠 일이 생겼다. 만약 살아난다면… 마도를 얻게 되겠지."

"……?"

복면인은 감히 무슨 일이냐고 묻지 못하고 고개만 살짝 들어 적월을 바라봤다.

그런 복면인의 눈을 보며 적월이 다시 말했다.

"사형을… 쉽게 해드려야겠어."

제4장
한 걸음

"무…… 무영마 님……?"

적월의 한마디에 복면인들의 몸이 사시나무 떨리듯 떨렸다. 그들의 얼굴을 가리고 있는 복면에 땀이 묻어나는 것처럼 보이기도 했다.

무영오마의 수장인 천이란 자의 목소리 역시 떨렸다.

그는 자신이 지금 들은 말을 믿지 못하는 것 같았다.

당연한 일이었다.

사형을 쉽게 해드리겠다니. 그 말은 곧, 절대마룡 막초를 죽이겠다는 뜻이다.

"왜? 못 알아들었나?"

적월이 되물었다.

테두리에 황금 실로 독수리 문양을 넣은 검은 면사 위에서 적월의 눈이 싸늘한 한광을 쏘아냈다.

"아, 아닙니다. 그러나……."

슥!

한순간 한 자루 검이 복면인의 이마에 닿았다.

스르르!

복면인의 얼굴을 가리고 있던 천 조각이 거짓말처럼 반으로 갈라져 흘러내렸다.

그러자 흐린 달빛 아래 초로의 나이로 보이는 사내의 얼굴이 드러났다.

차가운 한기가 느껴지는 밤임에도 사내의 이마에는 송골송골 땀이 맺혀 있었다.

"하지만… 이란 말은 내가 썩 좋아하는 말이 아니지. 다음 말에는 네 목숨을 걸어야 할 거다. 마영 천!"

적월이 싸늘하게 경고했다.

검은 여전히 천이라 불린 마영의 이마에 있었다.

사내는 혼마로부터 천으로 불렸다.

마영육조의 조장이고, 혼마 창이 가상의 제이제자 무영마를 위해 준비한 무영오마 중 수장이기도 하다.

오늘 적월 앞에 나타난 다섯 명의 마영들은 모두 육조에 속한 자들이면서도 또한 무영오마란 별호를 가진 자들이다.

이들의 제일임무는 가상의 인물 무영마를 보필하는 것, 그럼에도 불구하고 그동안 이들이 무영마를 제대로 본 적은 없었다.

당연히 본래의 얼굴을 본 적도 없었다. 이렇게 가까이서 무영마를 만나는 것 역시 처음이었다.

겨우 서너 번, 십여 장 이상의 거리에서 어둠 속에 흐릿하게 존재하는 무영마, 혼마 창이 대신했던 무영마를 본 것이 전부였다.

그런 그들에게 무영마란 존재를 각인시키고, 제대로 보지도 못한 무영마에게 충성심을 갖게 만든 것은 혼마 창의 끊임없는 세뇌였다.

그리고 오늘 제대로 실체를 접한 무영마는 그들이 생각했던 것 이상으로 무서운 야망을 지닌 인물이었다.

"아닙니다. 비루한 놈이 감히 무영마 님의 뜻에 의문을 품었으니 죽어 마땅합니다."

마영 천이 이마를 땅에 대며 용서를 빌었다.

그런 마영 천을 한동안 응시하던 적월이 무심한 어조로 입을 열었다.

"놀랄 일이기는 하겠지. 감히 무림에 나오자마자 사형을 죽이겠다니. 하지만 우린 마도다. 마도인에게 사형제의 정을 운운하는 것이야말로 우스운 일이지. 아니 그런가?"

"지당하십니다."

마영 천이 지체하지 않고 대답했다.

"묻겠다, 천! 그대가 놀라는 것은 내가 사형을 죽이겠다고 결심을 한 것 때문인가? 아니면 과연 내가 그를 죽일 능력이 있을까 하는 것에 대한 의문 때문인가?"

적월이 물었다.

그러자 천이 대답했다.

"둘 다 아닙니다."

"그럼?"

"과연 이 일을 혼마께서 어찌 생각하실지 그것이……."

마영 천의 대답에 적월이 고개를 끄떡였다.

"그건 충분히 걱정할 일이지. 좋아. 네 의문이 정당함을 인정한다. 그러므로 벌도 없다."

"감사합니다."

마영 천이 다시 머리를 조아렸다.

"하지만 네 걱정은 기우다. 난 이미 이 일에 대한 혼마 님의 허락을 받았다."

"……?"

적월의 말에 마영 천이 놀란 눈으로 고개를 들어 적월을 바라봤다.

그만이 아니었다. 마영 천의 뒤에 부복해 있던 다른 무영오마들 역시 놀란 기색을 감추지 못했다.

절대마룡 막초가 누군가.

구름 속에 가려진 신비하고 존엄한 존재인 혼마 창은 무림에 그 모습을 자주 보이지 않는다.

그래서 천하의 마도들을 끌어모아 마맹을 만들 때에도, 실질적으로 십육마문의 후예들을 만나고 다닌 것은 혼마 창이 아니라 일제자 절대마룡 막초였다.

그래서 혼마 창이 부재한 동안에는 막초가 그를 대신하는 것이 자연스러운 상황, 이 와중에 혼마 창이 막초를 제거하는 걸 허락했다는 것을 무영오마는 쉽게 믿을 수 없었다.

그러나 그렇다고 적월이 한 말의 진위를 다시 물을 수는 없었다.

이미 그들이 무영마라 알고 있는 적월의 말에 의문을 제기하는 것은 목숨을 걸어야 하는 일임을 경험했기 때문이다.

하지만 그들의 마음속에 깃든 의문을 모를 리 없는 적월이다.

"말은 못 하지만 모두 내 말에 의구심을 갖고 있겠지?"

적월이 물었다.

"아닙니다. 다만 너무 놀라서……."

마영 천이 급히 고개를 숙였다.

"이걸 보면 수긍하겠느냐?"

적월이 품속에서 혼마 창에게 받은 두 개의 신패 중 묵빛 신패를 꺼내 보였다.

"헉! 그것은……!"

"이 신패를 알고 있겠지?"

"물론입니다. 그것은 혼마 님을 상징하는 신마령인데 어찌 모르겠습니까?"

"좋아. 그럼 이 신마령이 내 손에 있다는 것이 어떤 의미인지도 알고 있겠지?"

"무영마 님이 곧 혼마 님의 분신이라는 의미입니다."

"그럼 더 이상 이 일에 의문을 갖지 말라."

"명대로 따르겠습니다."

마영 천이 이마를 땅에 대며 말했다.

"사형은 어디 있느냐?"

적월이 냉정하게 물었다.

"지금은 백마산에 머물고 계십니다."

"백마산, 역시 사부께서 외유 중이시니 사부님을 대신하고 있겠지?"

"그렇습니다."

"후후, 스스로 마도천하를 손에 넣었다고 생각하겠군."

적월이 냉소를 흘렸다.

그러자 마영천이 조심스럽게 물었다.

"감히 한마디 여쭙기를 청합니다."

"말하라."

적월이 순순히 허락했다.

"절대마룡께서 혼마 님께 어떤 잘못이라도……?"

그렇지 않다면 갑자기 그를 죽이라는 명을 내렸을 리 없다고 생각하는 마영천이었다.

"큰 잘못이랄 수는 없으나 실수는 했다고 봐야지."

"……?"

마영천은 감히 그 실수가 무엇이냐고 묻지는 못했다.

하지만 적월은 그가 묻지 않았음에도 순순히 그의 의문을 풀어주었다.

"사형은… 사부님의 부재 시 사부님을 대신했다."

"그렇습니다."

마영천이 대답했다.

"그러나 그렇다고 해도 사형은 사부님이 아니다. 그런데 사형은 어느 순간부터 그 선을 넘기 시작했다고 하시더군."

"그런… 면이 있기는 했지요."

마영 천이 수긍했다.

그가 생각해도 혼마 창의 부재 시 절대마룡 막초는 그 자신이 혼마 창이 된 것처럼 행동했다.

마맹에서도 십육마문의 수뇌들을 턱짓으로 움직일 정도였다. 어떤 면에서는 혼마 창보다 더한 권력을 향유하는 것처럼 보였다.

그래서 마문 주인들의 불만이 적지 않은 것이 사실이었다.

단지 혼마 창의 그림자가 너무 강해 그들의 불만이 밖으로 표출되지 않고 있을 뿐이었다.

더군다나 절대마룡 막초는 성정이 무척 직선적이었다.

자신의 타고난 자질에 대한 자신감도 강했고, 마도의 숨겨진 지배자라 불리는 사부 혼마 창이라는 배경 역시 그의 성정을 도도하게 만들었다.

그런 그의 성정은 전장에서는 쓸모 있을지 모르지만 마맹과 같이 여러 마문이 모인 곳에서는 적을 만들기 십상이었다.

"사부께선… 아니, 혼마 님께선 자신의 명예를 실추시키는 행동을 무척 싫어하신다. 그것이 비록 당신의 제자라 할지라도."

적월이 단호하게 말했다.

그러자 마영 천이 금세 그 말뜻을 알아들었다.

"혼마 님의 뜻을 잘 알겠습니다."

마영 천이 다시 고개를 조아렸다.

"좋아. 일단 백마산으로 이동한다. 그곳에서 내가 사형과 담판을 짓겠다."

"알겠습니다."

마영 천이 대답했다.

"아무튼 그건 나와 사형의 일이고. 일단 너희들은 모두 복면을 벗어라!"

적월의 명에 마영 천 뒤에 있던 네 명의 마영들이 서둘러 복면을 벗었다.

조금이라도 망설였다가는 그들의 목이 잘려 나갈 것 같은 짙은 공포감 때문이었다.

마영들은 본래 이름을 사용하지 않는다. 이름을 사용할 수 있는 자는 마영십이조의 조장들 정도였다.

각 조에 속한 마영들은 일조 일호, 이호… 하는 식으로 불렸다.

그러나 특이하게도 무영오마는 모두 이름을 가지고 있었다.

아니, 이름이라고 말할 수는 없다. 그들만이 가지고 있는 특별한 호칭이라고 부르는 것이 맞을 것이다.

혼마 창은 가상의 제자 무영마를 위해 무영오마를 만들면서 그들에게 별도의 호칭을 부여했다.

그 우두머리인 육조의 조장에게는 천(天), 그 아래로 나머지 넷에게는 각기 지(地) 현(玄) 황(黃) 태(太)의 호칭을 부여했는데 쉬운 말들로 호칭을 부여한 것으로 보아 혼마 창이 특별한 의미를 두고 한 일 같지는 않았다.

아무튼 이들 무영오마가 적월 앞에 얼굴을 드러냈다.

우두머리격인 마영 천을 제외하고 나머지 네 명은 모두 사십 대 중반에서 오십 대 초반의 중년인들이다.

하나같이 눈빛이 날카롭고, 오랜 강호 경험이 얼굴에 드러나는 노련한 인물들로 보였다.

더불어 숨길 수 없는 살기들, 마인을 마인이게 만드는 살기들이 그들의 눈에 담겨 있었다.

"좋군."

적월이 얼굴을 드러낸 천지현황태 다섯 마영들을 보며 고개를 끄떡였다.

"감사합니다."

무엇이 좋다는 건지는 알 수 없었다.

그러나 그것이 칭찬임을 알기에 무영오마가 고개를 숙이며 입을 열었다.

"너희들의 얼굴을 보았으니 내 얼굴도 보여줘야겠지. 물론 이 면사를 계속 사용하긴 하겠지만 무영오마 너희들에게까지 얼굴을 숨기고 싶지는 않군."

"영광입니다. 무영마 님!"

적월이 자신들을 특별하게 생각한다는 것을 알게 된 무영오마가 감격스러운 표정으로 말했다.

"사람 얼굴 보는 게 뭐 대단한 일이라고."

적월이 심드렁하게 말하면서 손을 얼굴에 가져갔다.

슥!

적월의 손이 얼굴에 닿는 순간, 단번에 면사가 그의 손 안으로 사라졌다.

그러자 굴강한 얼굴에 범 같은 눈빛을 지닌 삼십 대 초반 사내의 얼굴이 드러났다.

"무영마 님을 뵙습니다."

적월이 자신의 얼굴을 드러내는 순간 무영오마가 새삼스럽게 적월에게 인사를 올렸다.

"좋아. 나도 반갑다. 너희들은 이제 나 무영마의 팔과 다리다. 할 일은 많고 위험할 테지만 또한 그만큼 큰 영광을 얻게 될 것이다."

"충성을 다하겠습니다."

"난 말을 믿지 않아. 행동으로 보이면 된다."

"예, 무영마 님!"

"그리고 한 사람 소개하지. 형님!"

적월이 환동을 불렀다.

그러자 환동이 앞으로 나오며 대답했다.

"불렀어요?"

환동의 말투가 어눌하자 무영오마가 당황한 표정을 지었다.

환동의 말투와 행동이 뭔가 모자란 듯 보였다. 이런 인물을 냉정해 보이는 무영마가 데리고 다니는 것이 어색할 정도였다.

"이리 오세요."

적월이 환동을 자신의 곁으로 불렀다.

그러자 환동이 아무 말 없이 적월의 곁에 섰다.

"이분은 내가 형님으로 모시는 분이다. 앞으로 나를 대하는 것처럼 대하라."

적월이 무영오마를 보며 명했다.

"예, 무영마 님!"

즉시 대답을 하기는 했지만 무영오마의 표정에는 여전히 의구심이 깃들어 있었다.

대체 환동이 어떤 인물인지 종잡을 수 없었기 때문이다.

"형님은 내 호위무사이기도 하다."

"예?"

이번만큼은 놀란 음성을 내뱉지 않을 수 없었다.

이렇게 어리숙한 사람이 호위무사라니. 도저히 이해할 수 없는 일이다.

그런 무영오마의 반응이 당연하다는 듯 적월이 말을 이었다.

"형님께선 천하의 그 누구도 상대할 수 있는 강력한 무공을 가지고 계신다. 다만 무공 수련 중 작은 사고로 인해 머리에 약간의 장애를 가지고 계실 뿐이다. 그러나 무공에 있어서는 나를 넘어 혼마 님과 견줄 정도이니 그리 알라."

"아……!"

그제야 환동을 호위무사로 데리고 다니는 것을 이해하겠다는 듯 무영오마가 나직하게 탄성을 흘렸다.

"혹여라도 약간 생각이 부족하다는 이유로 형님께 무례를 범하지 말라. 형님의 분노를 사게 되면 내가 아니라 형님이 너희들을 죽일 것이다. 사실 형님은 무척 무서운 분이셨지. 그 무서움은 지금도 가지고 계신다. 그럴 때는 나 또한 형님을 말릴 수 없다."

적월이 경고했다.

"명심하겠습니다, 무영마 님!"

무영오마가 고개를 숙이며 대답했다.

"좋아. 그럼… 사형을 만나러 가볼까?"

적월이 서북쪽 하늘을 보며 중얼거렸다.

＊　　　　＊　　　　＊

사람을 부린다는 것은 참으로 편한 것이다.

적월은 무영오마를 만난 이후 사람들이 왜 권력에 취하는지
그 이유를 어렴풋이 알 것 같았다.

장안 서남쪽에서 출발한 여행길은 다른 어느 때보다도 평온
했다.

그가 길을 가기 전 언제나 무영오마가 먼저 가 앞을 살폈고,
그가 머물 곳에는 이미 무영오마의 지시를 받은 마영들이 안락
한 잠자리를 준비해 놓고 있었다.

적월은 평생 이런 경험을 한 적이 없었다.

누군가 자신의 먹을 것을 챙겨주고, 잠자리를 준비해 주는 이
단순한 시중에서 적월은 권력이 어떻게 사람의 정신을 장악해
가는지 확실히 느낄 수 있었다.

한번 도취되면 도저히 벗어날 수 없는 권력의 향기, 적월은 그
향기에 취하지 않도록 스스로를 경계하며 감숙 농남의 남쪽 마
을 호관을 향해 이동했다.

그리고 정확히 열흘 후, 마맹의 중원 본거지 중 가장 크고 중
요하다는 호관을 눈앞에 두었다.

＊　　　　＊　　　　＊

툭툭툭!

사내가 가볍게 호랑이 털로 뒤덮인 태사의 팔걸이를 두드렸다.

어둠이 구 할을 차지하는 공간, 작은 호롱불 하나가 사내의 얼굴을 비추고 있었다.

그의 앞 어둠 속에 한 명의 사내가 서 있다.

두 손을 모으고 허리를 약간 숙인 것으로 보아 태사의에 앉아 있는 사내의 명을 기다리고 있는 것이 분명했다.

"후우……."

태사의에 앉은 사내가 길게 한숨을 내쉬었다.

가운데로 모인 아미는 뭔가 쉽지 않은 고민이 있다는 의미일 것이다.

"어떻게 생각하지?"

태사의의 사내가 물었다.

나이는 사십 대 중후반, 혹은 오십 대 초반… 얼굴은 가름하고 눈빛은 날카롭다.

높은 코와 얇은 입술은 자존심이 강한 인물임을 드러낸다. 그리고 앞에 선 사내를 바라보는 눈빛은 세상의 지배자처럼 도도했다.

"제가 어찌 감히……."

사내의 질문을 받은 자가 입을 열기를 어려워했다.

"아니, 말해봐. 나도 좀 당황스러워서 그래. 갑자기 사제라니."

"무영마께서 강호에 나오신 것은 확실한 듯합니다. 육조의 조장이 직접 연락을 해왔습니다. 그가 감히 주군께 거짓을 고하겠습니까?"

"하긴… 육조 조장이 그렇게 배포가 큰 자는 아니지. 그런데 왜 이곳으로 날 찾아오지 않고 밖에서 보자고 했을까?"

사내가 고개를 갸웃했다.

"혼마께서는 무영마 님을 항상 무림의 어둠 속에 감춰두셨지요. 아마도 주군께 마맹을 맡기시고 무영마 님께는 세상에 드러나지 않는 일을 시키시려는 것이 아닐지……."

"음, 그야 당연한 일이지. 비록 사부님의 지시로 한 일이지만 마맹을 결성한 것은 실질적으로 나니까. 무영마가 나왔다고 그 친구에게 마맹의 일을 맡길 수는 없지."

사내는 단호했다.

사내는 혼마 창의 제일제자 절대마룡 막초다.

수십 년 혼마에게 가르침을 받았고, 사십이 넘어서부터는 혼마 대신 마도의 일을 주도하기도 했다.

그래서 그는 이제 자신이 사부인 혼마 창과 거의 동등한 위치에 있다고 생각하고 있었다.

물론 그런 생각을 입 밖으로 드러내지는 않았지만.

그런 그에게 갑자기 나타난 사제가 마맹의 일에 관여하는 것은 용납할 수 없는 일이었다.

"일단은 무영마 님을 만나 보시지요. 혼마 님의 전갈이 있을 수도 있습니다."

"음… 그런데 정말 사부님은 어디에 계신 걸까? 벌써 두 달을 넘은 지 오래인데. 대체 어딜 가신 것인지……."

"확실치는 않으나 묵영단주를 만나러 가신 듯합니다만……."

"명왕성주를?"

"일조의 마영들이 떠나기 전 그리 말하는 것 같았습니다."

"일조장 역시 돌아오지 않았지?"

"그렇습니다."

"예감이 좋지 않아. 뭔가… 내가 모르는 일이 벌어지고 있는 느낌이야."

절대마룡 막초가 눈살을 찌푸렸다.

"그럼 더욱 무영마 님을 만나야지 않겠습니까?"

"그래. 만나 봐야지. 사형이라고 찾아온 자를 만나지 않는 것도 속 좁은 일이고. 또 사부의 전갈을 가져왔을 수도 있고. 고분고분하면 데리고 쓰는 것도 나쁘지 않겠지. 얼굴 한 번 보지 못한 사형제이지만. 그래도 사제이니."

막초가 희미하게 미소를 지었다.

"준비하겠습니다."

"그렇게 해."

막초의 승낙이 있자 절대마룡 막초를 따르는 마영사조의 조장 도검악이 고개를 숙여 보이고는 서둘러 장내를 벗어났다.

* * *

호관의 작은 객잔은 깊은 침묵 속에 있었다.

황금빛 실로 장식한 검은 면사를 쓴 적월은 무료한 듯 술잔을 매만지며 느긋하게 앉아 있었다.

그 앞으로 무영오마 중 사인이 조금의 흐트러짐도 없는 모습으로 서 있었고, 침상 한쪽에 걸터앉은 환동은 질경질경 육포를 씹고 있었다.

환동은 십이천문을 떠날 때 약속한 대로 적월을 철저하게 무영마로 불렀다.

마치 처음부터 적월이라는 이름을 모르는 사람 같았다.

그리고 적월 주위에 누군가가 다가오면 눈을 부라리며 호위무사로서의 면모를 보였다.

하지만 그때뿐, 그 이후의 시간에는 이렇게 흐트러진 자세로 육포를 탐했다.

무영오마는 처음에는 이런 환동의 모습을 낯설고 당황스러워했으나, 며칠 같이 여행을 하면서 이제는 그의 행동을 익숙하게 받아들였다.

"그가 올까?"

술잔을 매만지다 말고 적월이 무심하게 물었다.

"오실 겁니다."

무영오마 중 첫째인 천이 대답했다.

"왜 그렇게 확신하지?"

"그건 그분이 절대마룡이시기 때문입니다. 혼마 님을 제외하고 그 어떤 사람도 눈 아래로 보시는 분이지요. 그런 분이 꺼릴 것이 있겠습니까? 무영마께서 백마산으로 직접 그분을 찾아가지 않으신 걸 불쾌해하실 수는 있으나 무영마 님을 만나는 것을 거부하지는 않을 것입니다. 사실… 어떻게 보면 경쟁자이니까요. 그분은 인정하지 않을지 모르겠으나."

천이 자신의 생각을 길게 말했다.

그도 이젠 무영마인 적월에게 어느 정도 익숙해진 듯 보였다.

"날 죽이려 할까?"

"아닐 겁니다."

"왜? 경쟁자는 죽이는 게 제일 좋은 해결책인데."

"어찌 사제라 해도 혼마 님의 제자분을 함부로 죽일 수 있겠습니까? 그건 오직 혼마 님이 허락이 있어야 가능한 일입니다. 대신… 굴복시키려 할 것입니다."

"흠… 그렇겠군. 그런데 난 사부님의 허락을 얻었지."

탁!

적월이 보란 듯이 묵빛 신패를 탁자 위에 올려놓았다.

그 신패를 마영 천이 두려운 눈으로 바라봤다.

"날 충분히 굴복시킬 수 있다는 자신감, 그 자신감이 그로 하여금 경계심을 풀게 하겠지. 그리고 그게 그의 허점이 될 거야."

"어찌 하시려는지……?"

"뭘 어떻게 해. 이걸로 해결하는 거지."

적월이 이번에는 검을 들어 탁자 위에 놓았다.

툭툭!

그러고는 한 손으로 탁자 위의 검을 툭툭 치며 빙그레 미소를 지었다.

"너무 위험한 방법 아닙니까? 기습이나……."

"그만!"

적월이 손을 들어 마영 천의 말을 막았다.

그러고는 노기를 담은 눈으로 마영천을 보며 말했다.

"감히 나에게 사형을 꺾는 데 간교한 수단을 쓰란 말이냐? 비록 내가 마도에 몸담고 있다 해도 사형을 상대하는 데 사특한 계책을 쓸 사람은 아니다. 힘과 힘… 그 대결에서 사형을 이기지 못하면 내가 죽겠지. 다른 일은 몰라도 이 일은 그래. 그래야 혼마 님도, 너희들 마영들도 날 정당한 승자로 인정할 것 아닌가?"

적월의 단호함에 천이 두려운 빛을 보이며 머리를 조아렸다.

"죄송합니다. 하찮은 견식으로 무영마 님을 모욕하였습니다. 죽여주십시오."

"됐어. 날 위해 그런 말을 한 걸 아니까. 그리고 이럴 때마다 죽이면 내 옆에 누가 남아 있겠어."

"감사합니다."

마영 천이 다시 머리를 굽실거렸다.

"그런데 왜 이리 늦지?"

적월이 더 이상 마영 천의 실언에는 관심이 없다는 듯 혼잣말을 중얼거렸다.

그런데 그때 육포를 씹고 있던 환동이 입을 열었다.

"왔어요."

탁!

그의 말이 끝나자마자 객방의 문이 열리면서 무영오마 중 한 명이 조용히 들어왔다.

그러자 객방에 있던 무영오마의 얼굴에 놀란 빛이 떠올랐다.

객방 안으로 들어온 자신들의 동료를 보고 놀란 것은 아니었다. 그들이 놀란 이유는 언제나 그림자처럼 조용히 움직이는 자신들 동료의 출현을 미리 알아챈 환동에 대한 놀람이었다.

더군다나 환동은 주의를 기울여 밖을 살피고 있지도 않았다. 그는 육포를 씹으며 흐트러진 자세로 무료한 시간을 보내고 있었다.

그런데도 무영오마 중 일인인 마영 태가 온 것을 미리 알아챘으니 환동의 무공 수준에 놀라지 않을 수 없었던 것이다.

"어서 오게."

마영 태가 들어오자 마영 천이 먼저 그를 맞았다.

"어찌 되었어?"

적월이 무심하게 물었다.

"출발하셨다는 전언입니다."

"그래? 그럼 나도 슬슬 나가볼까?"

"그러셔야 늦지 않으실 겁니다."

"좋아. 조용한 곳이라고 했지?"

"그렇습니다. 다른 사람의 눈에 띌 염려는 없습니다."

"좋아. 사형을 보러 가자."

적월이 자리를 털고 일어났다.

*   *   *

맑은 밤이었다.

달빛이 작은 호수에 드리워 주변의 어둠을 물러나게 만들고 있었다.

호수 변에는 작은 통나무집이 있었는데, 아마도 호수에서 낚시를 즐기는 사람들이 하룻밤 정도 묵어가려고 만든 것인 듯싶었다.

낚시꾼이 없다면 주인 없는 집, 그 집 앞에 갑자기 한 떼의 사내들이 떨어져 내렸다.

적월과 환동, 그리고 그를 따르는 무영오마였다.

오두막 앞에 내려선 적월이 잠시 주위를 둘러보았다.

사방은 조용했고, 들려오는 소리는 밤새 소리 정도가 전부였다.

"좋군."

"평소에 풍경이 좋기로 유명한 곳입니다."

마영 태가 대답했다.

"아니, 풍경 이야기가 아니라……."

적월이 손을 저었다.

"그럼……?"

"사형을 보내 드리기에 좋은 장소란 뜻이야. 좋은 시간이기도 하고."

적월이 말을 하며 가볍게 미소를 지었다.

순간 무영오마의 얼굴에 감출 수 없는 두려움이 떠올랐다.

사형의 죽이려는 자의 행동치고는 너무 여유 있고, 자연스러웠다. 그 자연스러움이 오히려 무영오마에게 두려움을 느끼게 만들고 있었다.

"왜들 그래? 지금 처음 들은 것처럼."

무영오마의 반응에 적월이 퉁명스레 물었다.

"아, 아닙니다."

마영 천이 급히 고개를 저었다.

그 순간 환동이 불쑥 입을 열었다.

"와요."

말은 하는 환동의 손이 북쪽 숲을 가리키고 있었다.

"그렇군요. 형님, 내 말 잘 들어요. 내가 누군가하고 싸울 텐데 다른 자들이 방해하기 전에는 가만히 계세요."

"알았어요, 무영마 님!"

환동이 대답했다.

"하지만 만약 누군가 내 싸움에 끼어들면 그땐 그자를 죽이세요."

"누구든?"

환동이 되물었다.

"누구든지요."

"알았어요, 무영마 님!"

존대와 하대를 함께 사용하는 환동의 말투가 천진난만하게 느껴졌다. 누군가 죽는 것이 정해진 밤에 어울리지 않게.

그즈음 북쪽 숲에서 십여 명의 사람들이 모습을 드러냈다.

저벅저벅!

그는 느리게 다가왔다.

체구는 평범했다. 크지도 작지도 않은 키, 몸은 약간 마른 편이었고, 눈빛은 날카롭기 이를 데 없었다.

적월은 수하들을 거느리고 다가오는 절대마룡 막초를 보며 그의 외모가 별호와 그리 잘 어울리지는 않는다고 생각했다.

적월의 상상했던 절대마룡 막초는 건장한 체구에, 호랑이 눈을 가진 인물이었다.

그런데 적월의 눈앞에 나타난 절대마룡은 그의 상상과는 거리가 있었다.

'그렇군. 그의 제자군.'

적월이 문득 혼마 창을 떠올렸다.

절대마룡 막초의 모습은 혼마 창을 닮아 있었다.

'힘보다 머리를 쓰는 자란 뜻이겠고……'

막초는 조금씩 적월과의 거리를 좁혔다. 그 역시 적월의 모습을 살피고 있는 것이 분명했다.

조금은 흐트러진 모습, 굴강해 보이는 얼굴, 그러나 체구는 크지 않다.

아마도 막초는 적월을 보며 이렇게 생각했을 것이다.

그렇게 두 사람이 서로를 살피며 거리를 좁혔다.

막초가 오두막 오 장 안에 다가왔을 때 적월이 걸음을 옮겨 막초에게 다가섰다.

"어서 오십시오, 사형!"

서로의 통성명 따위는 필요 없었다. 보는 것만으로도 누구든 막초를 알 수 있었다.

혼마 창의 제자 절대마룡 막초가 아니라면 그 누가 이렇게 도도하고 강렬한 기도를 보일 수 있을 것인가.

"자네가 무영마군."

막초도 날카로운 눈으로 적월을 응시하며 입을 열었다.

"사제가 인사드립니다."

적월이 고개를 숙여 보였다.

"음… 자네 이야기는 제법 들었지. 사부께서 가끔 자네 이야기를 했었네. 자질이 무척 뛰어난 아이가 있다고 말이야. 그때는 사부가 날 자극해 무공 수련에 몰두하게 만들기 위해서 하신 말씀이라 생각했는데, 이제 보니 반드시 그런 것만은 아닌 것 같군."

"저 역시 사형의 이야기를 사부께 많이 들었습니다."

적월이 가볍게 미소를 지었다.

"후후, 그 양반 참… 정말로 나와 자네를 경쟁시키려 했군. 자네의 기도를 보니 결코 빈말이 아니었어."

"그렇게 말씀해 주시니 영광입니다."

적월이 다시 고개를 까딱였다.

막초의 말은 그가 적월을 자신의 경쟁 상대로 인정했다는 뜻이기 때문이었다.

적월이 만들어내는 기도에서 강한 인상을 받은 모양이다.

"들어갈까?"

막초가 오두막을 보며 물었다.

"그러시지요."

적월이 대답을 하고는 고개를 돌려 무영오마에게 고개를 끄떡였다.

그러자 마영천이 급히 오두막의 문을 열었다.

오두막 안에는 흰 천으로 덮은 작은 탁자가 있었고, 그 위에 술 한 병과 두 개의 잔이 나란히 놓여 있었다.

그 외에 다른 어떤 것도 더는 없었다.

오두막 안으로 들어온 적월이 가운데 탁자를 두고 한쪽으로 걸음을 옮겼다. 그러고는 잠시 서서 막초를 기다렸다.

뒤따라 들어온 막초가 먼저 자리에 앉기를 기다리는 것이었다.

지금까지는 사형으로서의 대접을 깍듯하게 하고 있는 적월이다.

그래서 그런지 막초도 경계심을 푼 듯 가벼운 미소를 지으며 의자에 엉덩이를 붙이고 앉았다.

"좋은 술은 아닙니다만……."

막초가 자리에 앉았지만 여전히 서 있던 적월이 술병을 들며 말했다.

"술 따위야 무슨 상관이겠는가. 그래도 사제가 따르는 술이니 한 잔 받을까?"

막초가 잔을 들며 말했다.

적월이 선 채로 술병을 기울였다. 그러자 술병에서 흘러나온 술이 포물선을 그리며 막초의 잔에 떨어졌다.

막초의 잔과 술병의 거리는 대략 반 자 정도, 하지만 수평으로 거리가 떨어져 있어서 술병에서 흘러나온 술이 자연적으로는 도저히 술잔에 닿을 수 없는 위치다.

그럼에도 불구하고 술병을 떠난 술이 정확하게 막초의 잔에 모이는 것은 적월의 공력 때문이었다.

적월 스스로 자신의 무공을 증명해 보이고 있는 것이다.

무형의 기운으로 술 줄기를 조정하는 힘, 그리고 술이 정확하게 막초의 잔에 떨어지게 만드는 정확성, 둘 모두 절대의 경지에 오른 자가 아니면 보여주기 힘든 기술이었다.

"재주가 좋군."

막초는 적월의 능력을 보고도 놀란 빛을 보이지 않았다.

자신의 사제라면 당연히 이 정도 능력은 있어야 된다고 생각하는 것인지 아니면 속으로는 놀랐어도 그 감정을 드러내지 않는 것인지 알 수 없었다.

"제게도 한 잔 주시지요."

적월이 막초의 잔이 차자 술병을 막초 쪽으로 밀며 말했다.

"받았으니 당연히 한 잔 따라줘야겠지."

막초가 술병을 잡고는 갑자기 병을 허공으로 던졌다.

그러고는 가볍게 손을 뻗자 어느새 그의 손에 한 자루 검이 들렸다.

탁!

허공으로 떠오는 술병이 막초가 가볍게 뻗어낸 검신 위에 내려앉았다.

막초는 검을 옮겨 적월의 술잔 위로 가져가더니 천천히 검을 기울였다.

쪼르르!

검과 함께 기울여진 술병에서 술이 흘러나와 적월의 잔을 가득 채웠다.

기울어지고도 검신 위에서 술병이 떨어지지 않는 것은 막초의 강력한 내력 때문일 테고, 술병은 던져 검 위에 받아낸 것은 막초의 오묘한 검술을 증명하는 것이다.

이 또한 적월이 막초에게 술을 따른 것 이상으로 고절한 무공의 결과였다.

"마시게."

자신의 힘을 충분히 보여주었다고 생각했는지, 절대마룡 막초가 손을 들어 적월에게 술 마시기를 권했다.

"고맙습니다."

적월이 부드러운 미소를 지으며 먼저 술을 마셨다.

막초가 자신에게 먼저 마시기를 권한 것이 단순한 행동이 아님을 알아챈 적월이다.

막초는 혹시라도 술에 독이 들었을까 의심하여 적월에게 먼저 술을 마시기를 권한 것이다.

'계책을 잘 쓰는 사람일수록 의심이 많은 법이지.'

거침없이 술을 마신 적월이 술잔을 내려놓으며 생각했다.

적월의 얼굴에는 처음부터 내내 미소가 감돌고 있었다.

그런데 그 모습이 막초의 기분을 상하게 한 듯싶었다. 적월이 자신의 내심을 읽고 비웃는 듯한 느낌을 받은 모양이었다.

막초가 잔을 들어 가볍게 잔 속의 술을 입에 털어 넣었다.

탁!

막초가 단숨에 술을 마신 후 잔을 소리 나게 탁자에 내려놓았다. 그러고는 지체하지 않고 물었다.

"왜 날 찾아왔는가?"

무척 공격적인 질문이다.

긴 이야기를 나누고 싶지 않다는 의미기도 했다.

"사부께서 사형을 찾아뵈라 하시더군요."

"사부께서? 지금 어디 계신가?"

두 달 가까이 혼마 창의 행적은 막초에게도 알려지지 않고 있었다.

"지금은 저도 모르지요. 마지막으로 뵈었을 때는 장안 인근에 계셨습니다. 그곳에서 사형을 찾아뵈라는 명을 받았지요."

"그래, 내게 전하시는 말씀이 있던가?"

막초가 다시 물었다.

그러자 적월이 잠시 망설이다가 품속에서 묵빛 신패를 꺼내 탁자 위에 놓았다.

툭!

묵빛 신패가 탁자 위에 놓이는 순간 막초의 눈빛이 번쩍였다.

신패가 적월의 손에 있다는 것을 믿을 수 없는 표정이기도 했다.

"무슨 의민가?"

"신마령을 아시지요?"

"물론… 그런데 어떻게 사제가 신마령을?"

신마령은 혼마 창을 의미하는 신패다. 신마령을 지닌 자는 혼마 창을 대신한다.

그러므로 지금 적월은 혼마 창 본인이나 다름없었다.

그런 지위가 자신의 사제에게 주어졌다는 것을 막초는 믿을 수도, 인정할 수도 없었다.

왜 사제인가. 자신에게는 한 번도 건네지 않았던 사부의 신마령이다.

그래서 적월의 손에 신마령이 있는 이유를 물을 수밖에 없었다.

그런 막초를 보며 적월이 느긋하게 말했다.

"비무(比武)나 한번 하시지요."

제5장
한 명은 죽는다

"참 비정하신 분이지요?"

적월이 물었다.

두 사람은 다시 오두막 밖에 나와 있었다.

한쪽에서는 환동과 무영오마가, 다른 한쪽에는 막초를 따라온 사조의 마영 십여 명이 두려운 눈으로 오두막에서 나온 적월과 막초를 바라보고 있었다.

두 사람은 사형제 간이다.

물론 그동안 한 번도 만난 적이 없는 사형제다. 그러나 그럼에도 불구하고 한 사부로부터 무공과 무림을 배운 자들이다.

그런데 지금 두 사람의 분위기는 마치 수십 년 만에 만난 원수들 같았다.

물론 서로 오고 가는 대화는 분위기에 어울리지 않게 부드러웠다.

"그러게 말이야. 우리가 참 고약한 사부를 두었군."

막초가 적월의 말에 동의했다.

"그냥 물러나실 생각은 없으십니까?"

"지금처럼 그냥 내 사제로서 날 도울 생각은 없는가?"

적월이 묻자 막초가 되물었다.

그러자 적월이 고개를 저으며 웃음을 흘렸다.

"흐흐흐, 역시 불가능한 일이지요. 이 신마령이란 놈을 사부
께서 내어놓으신 것은 자신의 후계자로 하여금 마맹을 주관하게
하시겠다는 의미, 그건 곧 신마령주가 마맹의 주인이 됨을 뜻하
지요. 일인지하 만인지상… 아니, 어쩌면 사부님을 능가하는 권
력을 가질 수도 있는 자리. 사형이나 저나 절대 포기할 수 없는
자리지요."

"사제는 목숨을 걸 수 있나?"

막초가 물었다.

"사형께 묻고 싶은 말이군요."

"나야 목숨까지 걸 필요는 없을 것 같은데?"

막초가 중간 크기의 검을 두어 번 휘두르며 말했다.

파아악!

가볍게 휘두른 막초의 검에서 검은 검기가 뻗어 나와 호수변
의 풀들을 잘게 썰어 날렸다.

가볍게 보이는 초식이지만, 낮게 깔린 풀들을 흙 한 올 일어나
지 않게 검기로 날리는 것은 극도로 수련된 검술을 지닌 자만이
가능한 일이다.

자신의 실력을 보임으로써 적월이 이 대결에서 물러나길 강요하는 것이다.

"저 역시 목숨을 잃을 일은 없을 것 같습니다만."

파팟!

적월이 가볍게 손을 흔들자 그의 손에서 투명하고 가는 빛이 흘러 나가더니 그들이 나온 오두막 벽에 동전만 한 구멍을 만들었다.

"파천일지! 흠……."

막초의 입에서 나직한 신음 소리와 함께 적월이 선보인 지공의 이름이 흘러나왔다.

막초 역시 파천일지를 알고 있다.

하지만 그가 알고 있는 것은 사부 혼마 창에게 그런 무공이 있다는 것 정도였다.

사부 혼마 창은 그에게 내공심법을 제외하면 단 두 가지 무공만 전수했다.

사방 십여 장을 손 그림자로 뒤덮을 수 있는 환영수와 상대의 혼까지 베어낼 수 있다는 극쾌의 검법 마혼검이 막초가 전수받은 무공이었다.

물론 이 두 가지 무공만으로도 막초는 절대고수가 되었으니 다른 무공이 더 필요한 것은 아니었다.

하지만 막초는 가끔 서운한 감정을 느끼기도 했다.

사부 혼마 창이 자신을 온전히 믿지 못해 모든 무공을 전수하지 않은 것이 아닌가 하는 마음 때문이었다.

물론 다른 이유로도 마음이 좋지 않았다.

자신이 그의 모든 무공을 전수받기에는 능력이 부족하다 생각하고 있는 것이 아닌가 하는 의구심이 있었기 때문이다.

평소 자신의 자질에 대해 지나치리만큼 강한 자부심을 갖고 있는 막초지만, 사부 혼마 창만큼은 자신의 재능을 인정하지 않는 듯한 모습을 보였다.

특히 몇 해 전, 갑자기 두 번째 제자가 있다는 사실을 알린 이후에는 그런 의구심이 더욱 강해진 막초였다.

그런 그에게 자신에게 전수하지 않은 무공 파천일지를 선보이는 적월의 모습은 적지 않은 충격이었다.

"넌… 파천일지를 아는구나."

막초가 적월을 보며 입을 열었다.

마치 자신의 것을 빼앗긴 아이 같은 분노가 느껴지는 표정이다.

"사형께서는 환영수와 마혼검을 수련하셨다지요?"

"사부가 그러더냐?"

"그러시더군요. 그래서 그 두 가지 무공은 내게 전수할 수 없다고. 조금 억울하긴 하더군요. 순서가 무슨 상관이라고. 더군다나 같은 제자면 같은 무공을 알고 있어도 이상할 것이 없을 텐데……"

순간 막초의 표정이 다시 변했다.

조금은 편안해진 모습이다.

혼마 창이 자신에게 환영수와 마혼검 이외의 무공을 전수하지 않은 것이 자신의 자질 때문은 아니라는 것을 확인했기 때문이었다.

혼마 창은 그저 자신의 제자들에게 같은 무공을 전수하고 싶지 않았던 것뿐이다. 물론 그 이유는 여전히 모르지만.

더군다나 자신이 상대할 적월이 환영수와 마혼검을 모른다면 이 싸움의 승산은 자신 쪽으로 기울어져 있었다.

그가 아는 혼마 창의 무공 중 가장 강력한 무공은 세 가지였다.

환영수, 마혼검, 혼천안. 이외의 무공들은 대단하기는 해도 이 세 개의 무공에 견줄 바는 아니었다.

그러니 환영수와 마혼검을 모른다면 파천일지만으로는 절대 적월이 자신의 상대가 될 수 없다는 것이 막초의 판단이었다.

"사부의 본심을 어찌 알겠느냐? 아무튼… 파천일지라. 좋은 비무가 되겠구나."

막초가 자신감이 넘치는 표정으로 말했다.

"비무는 비무인데… 진 사람은 살아남기 어렵겠지요?"

"신마령이다. 죽음을 각오할 만하지. 하지만 운이 좋으면 목숨은 건질 수도 있지."

"반병신이 되어서 말입니까?"

적월이 미소를 지으며 되물었다.

"하하하, 그래도 이승이 좋지 않겠느냐?"

막초가 마치 이 비무의 승부가 이미 결정 난 것처럼 말했다.

"잘 부탁드리지요. 하지만 조심하십시오."

적월은 여전히 여유가 있어 보였다.

"물론 조심해야지. 명색이 대혼마 님의 둘째 제자이니 내가 어찌 조심하지 않겠느냐?"

"그럼!"

적월이 막초를 향해 가볍게 포권을 해 보였다.

그러자 막초가 검을 들어 올려 검 끝을 까딱이며 말했다.

"오너라. 선공을 양보하마!"

"사양치 않지요."

적월이 대답이 끝나자마자 가볍게 발을 굴렀다.

그러자 그의 발이 강변에 누운 풀을 밟으며 막초를 향해 폭사했다.

찌릿!

앞으로 뻗어낸 적월의 손에서 흘러나온 한 줄기 지력이 종이를 찢는 소리를 내며 막초를 향해 흘러갔다.

일직선이 아닌 묘한 굴곡을 이루며 뻗어나간 지력은 전광석화란 말이 어울릴 정도로 빠르다.

"좋구나."

막초의 입에서 감탄사가 흘러나왔다.

파천일지.

막초는 이 지법의 위력을 알고 있었지만, 자신을 육박해 오는 파천일지의 날카로움은 상상 이상이었다.

그러나 그렇다고 그가 두려워할 정도는 아니었다.

슥!

한순간 막초의 왼손이 가볍게 움직였다.

그러자 그의 손에서 수십 개의 수영(手影)이 만들어지더니 자신의 심장을 찌르려는 적월의 지력을 사방에서 에워쌌다.

따다당!

수영과 지력의 충돌임에도 쇠와 쇠가 충돌하는 듯한 굉음이 터져 나왔다.

그리고 그 순간 파천일지의 방향이 틀어지더니 막초로부터 두어 자 벗어난 거리를 두고 땅에 처박혔다.

퍼퍽!

파천일지에 격중된 땅이 파천일지의 굵기와 달리 커다란 웅덩이를 만들어내며 들고 일어났다.

그 흙무더기가 채 가라앉기도 전에 적월이 재차 파천일지를 펼쳤다.

찌리릭!

다시 공기가 찢어지는 소리가 일어나면서 흙무더기를 관통한 적월의 지력이 막초의 심장을 파고들었다.

"좋은 재주다. 그러나 나에게는 안 돼!"

막초가 적월의 무공을 칭찬하면서 이번에는 검을 휘둘렀다.

휘우웅!

막초의 검이 공기를 가르자 귀곡성이 일어났다. 동시에 검은 검기가 검으로부터 뻗어 날카롭게 적월의 지력을 잘라 나갔다.

파파팟!

순식간에 적월의 지력이 중간중간 끊어졌다.

그 순간 적월이 위험을 감지하고 재빨리 뒤로 물러나기 시작했다.

"이젠 내 공격을 받아봐라."

적월의 선공을 가볍게 막아낸 막초가 한층 자신감을 가진 표정으로 공격에 나섰다.

스스스!

막초의 공격은 환영수로 시작됐다.

방어를 할 때와 달리 공격의 초식으로 변환 환영수가 일백여 개의 수영을 만들어냈다.

그리고 그 수영들이 하나같이 살아 있는 생명력을 가지고 적월을 사방에서 몰아쳤다.

순간 적월이 다시 한번 더 뒤로 물러났다.

츄아악!

물러나는 적월을 향해 큰 줄기를 형성한 손 그림자들이 폭포수처럼 밀려들었다.

파팟!

적월이 양손으로 파천일지를 펼쳤다.

그러자 그의 손에서 뻗어나간 지력들이 채찍처럼 움직이며 그를 향해 달리는 막초의 환영수를 막아냈다.

퍼퍼펑!

허공에서 환영수와 파천일지가 격돌하며 요란한 충돌음을 만들어냈다.

그 충돌의 여파로 적월이 다시 대여섯 걸음 뒤로 물러났다.

그런데 그 순간 막초가 자신의 환영수와 적월의 파천일지가 충돌한 지점을 관통해 적월을 향해 폭사했다.

"목숨은 살려주마!"

적월의 무공이 생각보다는 강하지 않다고 판단했는지 막초의 공격에 여유가 넘친다.

이 정도 무공으로는 결코 자신을 위협할 수 없다고 생각하는 모양이었다.

막초의 검이 다시 검은 검기를 일으켰다.

휘류릉!

검기가 일어나자 소름 끼치는 귀곡성도 같이 들렸다.

스스스!

막초의 검기가 음습한 기운과 함께 적월의 목을 찔러왔다.

순간 적월은 자신의 온몸이 막초의 검기 쪽으로 빨려 들어가는 듯한 느낌을 받았다.

'사기가 내포되어 있구나.'

막초의 마혼검은 단순한 검법 초식이 아니었다.

그 안에 내포된 사기(邪氣)로 인해 상대의 정신을 혼란시키는 힘이 있었다.

그 힘으로 상대의 움직임을 제어하고, 움직임의 자유를 잃은 상대의 급소를 손쉽게 베어낼 수 있는 검법이었다.

"팔 하나, 도전의 대가로는 가볍지."

막초가 한순간 적월의 목에서 왼쪽 팔로 검로를 바꿨다.

그 순간 적월이 차갑게 뇌까렸다.

"너무 앞서갔소, 사형!"

외침과 동시에 어느새 빼어 든 적월의 검이 팔을 노리는 막초의 검을 튕겨냈다.

캉!

적월의 검에 밀린 막초의 검이 길을 잃고 옆으로 미끄러졌다.

"호오?"

막초의 입에서 놀란 듯한 음성이 흘러나왔다.

아마도 파천일지 이외의 무공은 없다고 생각한 적월이 검으로 자신의 검을 밀어낸 것이 놀라운 모양이었다.

하지만 자신의 검을 밀어낸 적월의 검에서 강한 힘이 느껴지지 않아 막초의 경계심은 그리 크지 않았다.

"잔재주도 가졌군. 검은 모를 줄 알았는데?"

막초가 재빨리 몸을 틀어 다시 적월을 정면에 두며 말했다.

"검은 장식으로 가지고 다니는 것이 아니지 않습니까."

적월이 다급한 위기에서 벗어난 사람답지 않게 침착한 표정으로 말했다.

그러자 막초의 눈이 가늘어졌다.

"검법도 전수받았다는 뜻이냐?"

"마혼검 정도는 아니어도, 어디 가서 칼부림당하지 않을 정도는 배웠지요."

"무슨 검공이냐?"

막초가 물었다.

"글쎄요. 사부께서 말씀하시길 그냥 우연히 얻어 주운 검법이라고 했는데… 뭐, 그리 대단한 것은 아닙니다. 절대고수 베긴 어려워도 자신을 지킬 수는 있다고 하시더군요. 방어 초식이 주를 이루는 것이라서."

적월이 자신의 검법에는 별로 자신이 없는 듯한 표정을 지으며 말했다.

"별 볼 일 없는 검법으로 내 공격을 막았다는 것이냐?"

"그야 파천일지에 대한 사형의 경계심 때문이지요."

"음……."

틀린 말은 아니다.

파천일지는 워낙 조용하고 은밀한 지법이라 공격을 받으면서도 언제든 적에게 반격을 가할 수 있었다.

그래서 막초는 환영수와 마혼검을 연이어 펼쳐 적월을 공격하면서도 파천일지를 이용한 적월의 반격을 신경 쓰지 않을 수 없었다.

파천일지는 마치 암기도 없이 펼치는 암기술 같은 느낌의 무공인 것이다.

"사부께서도 말씀하셨지요. 이 무명검은 홀로는 보잘것없으나 파천일지와 연환으로 펼치면 세상의 그 어떤 절대무공도 상대할 수 있을 거라고 말입니다. 하여간 방어 초식으로는 제법이니까요."

적월의 말에 막초가 좀 더 신중해졌다.

"그렇군. 그런데 그렇게 자신의 무공 내력을 다 털어놓아도 되는 걸까?"

"이런, 제가 실수를 했군요. 그러나 한 번 내뱉은 말을 어쩌겠습니까? 어쩔 수 없지요."

적월이 가볍게 미소를 지으며 말했다.

자신의 무공 내력을 알아도 결코 당신이 날 어쩔 수 없다는 조롱같이 느껴지는 미소다.

그런 적월의 행동에 막초의 눈이 차가워졌다.

지금까지는 없었던 살기가 그의 몸에서 피어오르기 시작했다. 처음에는 적월의 팔 하나쯤 거두고 수하 같은 사제로 데려다 쓸 생각도 했지만, 이런 식의 조롱을 받고는 적월을 살려둘 마음이 싹 사라진 막초였다.

"실수하는군. 내 살기를 돋우다니……."

"그런가요? 하… 이거 실수의 연속이군. 싸움에선 실수를 하지 말아야 할 텐데."

적월이 여전히 묘한 표정으로 지껄였다.

"후우… 더 이상은 봐줄 수 없군."

적월이 계속해서 자신을 조롱한다고 느낀 막초가 서릿발 같은 한광을 흘렸다.

그러면서 검을 적월을 향해 겨눴다.

구우웅!

막초의 검에서 더 짙고 음울한 귀곡성이 일어났다. 그 소리만으로도 사람들을 지옥으로 끌어들이는 듯했다.

'혼마 창, 그자의 무공은 정말 사기가 강하구나. 무공 하나하나마다 이런 사법이 깃들어 있으니. 그자가 방심했던 것이 큰 행운이었어.'

적월은 막초의 무공을 통해 혼마 창의 무서움을 새삼스레 깨닫고 있었다.

만약 혼마 창을 제압할 때 제대로 함정을 파지 않았다면, 그를 잡는 것이 불가능했을 수도 있었을 거라는 생각이 들 정도였다.

막초가 만들어내는 검의 기운이 적월의 온몸을 다시 휘어 감았다.

그 기운에 짓눌린 적월의 몸이 무겁다.

적월이 살짝 눈살을 찌푸리며 반보 옆으로 움직였다.

그러자 놀랍게도 한순간에 적월이 막초의 검세에서 벗어났다.

"과연 보통이 아니구나."

단지 반걸음 움직이는 것으로 자신의 검세를 벗어나는 적월을 보며 막초가 소리쳤다.

그러면서도 더욱더 강하게 검세를 끌어올렸다.

쿠오오!

저승에서 올라온 괴물이 울부짖는 것 같은 검음이 일어났다. 뒤를 이어 막초의 검기가 수십 갈래로 갈라지면서 검기의 소용돌이를 만들어냈다.

"후우!"

적월이 길게 한숨을 내쉬었다.

자신의 몸을 빨아들이는 막초의 검세를 버텨내는 것이 결코 쉽지만은 않았다.

수십 년 동안 혼마 창의 신공을 연성한 막초의 진기는 적월보다 더 우위에 있는 것 같았다.

'그렇다면 원하는 대로!'

적월이 한순간 얼굴빛을 굳혔다.

그리고는 막초의 검세에서 벗어나는 대신 자신을 빨아들이는 막초의 검기를 향해 달려들었다.

"엇! 위험하다."

"저, 저거……."

누가 먼저랄 것 없이 무영오마가 동시에 소리쳤다.

그들의 눈에는 적월이 막초의 검세를 이기지 못하고 그 안으로 빨려 들어가고 있는 것처럼 보였기 때문이다.

그들의 생각대로라면 적월이 막초의 검기에 닿는 순간 그의 몸은 갈기갈기 찢어질 것이 분명했다.

반면 막초를 따라온 사조의 마영들은 득의한 표정을 짓고 있었다. 누가 봐도 막초에게로 승부가 기울어지는 것처럼 보였기 때문이다.

그러나 막초의 검세를 향해 몸을 날린 적월이 손에 든 검을 휘두르는 순간 모두의 예상은 빗나갔다.

그그긍!

막초의 소용돌이치는 검기와 충돌한 적월의 검에서 신경을 긁는 굉음이 일어났다.

그에 따라 그의 몸을 갈기갈기 찢어놓아야 할 막초의 검기들이 물살처럼 좌우로 갈라져 나가기 시작했다.

적월은 금강검을 펼쳤다.

물론 막초에게는 무명검이라 말했지만.

적월은 단 하나의 검기도 자신의 몸에 닿기를 허락하지 않고 전광석화의 속도로 막초를 향해 다가섰다.

그 모습을 본 막초가 당황해 욕설을 내뱉었다.

"놈!"

한마디 욕설을 내뱉은 막초가 왼손을 휘저었다.

파파팡!

그의 왼손이 어지럽게 허공을 때려대자 순식간에 수십 개의 수영이 만들어져 검과 함께 다가오는 적월을 향해 날아갔다.

그러자 적월은 여전히 검 한 자루에 의지해 막초의 검기와 환영수를 막아냈다.

하지만 적월 역시 더 이상 막초를 향해 전진하지는 못했다.

차앙차앙!

날카로운 광음들이 연이어 터져 나오고 적월이 한자리에 머물며 막초의 공격을 금강검으로 비껴냈다.

막초 역시 물러서지 않았다.

"끝을 보자."

적월의 전진을 막아낸 막초가 크게 소리치며 적월을 향해 뛰어올랐다.

콰아아!

막초의 검기가 폭포처럼 떨어져 내렸다.

적월이 금강검의 신묘한 초식으로 막초의 공격을 모두 비껴냈지만, 이번 공격은 도저히 그런 식으로는 피할 길이 없어 보였다.

그러나 적월의 표정은 전혀 변화가 없었다.

'무리하고 있군.'

적월은 오히려 마음이 편해졌다.

막초의 이번 공격은 이전보다 훨씬 강력하게 보이지만, 사실은 극도로 흥분된 상태에서 펼치는 무리한 공세여서 오히려 보이지 않는 빈틈이 제법 많았다.

그렇다면 더 이상 막초는 적월의 상대가 아니다.

적월의 검이 부드럽게 움직였다.

차아앙!

부드러운 움직임이지만 막초의 공격을 막아내는 소리는 결코 부드럽지 않았다.

막초의 폭포수 같은 검기들이 또다시 적월의 검에 비껴 나갔다.

격류가 둥근 바위를 만나 좌우로 갈라지듯, 그렇게 막초의 검기들이 적월의 좌우로 스쳐 지나갔다.

'끝은 역시 파천일지로······!'

명색이 혼마 창의 이제자로 나선 자리다.

그러니 당연히 승부의 끝은 혼마 창의 무공이어야 한다는 것이 적월의 생각이었다.

팟!

적월이 재빨리 왼손으로 검을 옮겨 잡으며 오른손 검지로 허공에서 떨어져 내리는 막초를 가리켰다.

찌릿!

한순간 적월의 검지에서 손가락 굵기보다 가는 지력이 뻗어나갔다.

그렇게 뻗어나간 지력은 막초의 검기들 사이를 교묘하게 빠져나가더니 벼락처럼 막초의 어깨를 관통했다.

퍽!

"욱!"

막초의 오른쪽 어깨에서 둔탁한 소리가 일어나는 순간 그의 입에서 신음 소리가 터져 나왔다.

파천일지가 관통한 그의 오른 어깨에서 피분수가 솟구쳤다.

한순간 힘을 잃은 팔이 검을 놓쳤다. 하지만 그럼에도 그는 고수였다.

탁!

막초가 떨어지는 검을 재빨리 왼손으로 낚아챘다.

그렇게 검을 왼손으로 잡기는 했지만, 폭포수처럼 적월을 덮치던 막초의 검기들은 순식간에 사라졌다.

"으음!"

막초가 추락하듯 허공에서 떨어졌다.

그러나 그 와중에도 그는 몸의 균형을 잡고 땅에 내려서 재빨리 뒤로 다섯 걸음 정도 물러났다.

그의 왼손으로 옮겨진 검은 여전히 적월을 향해 있었다.

그런 막초를 향해 적월이 여유를 주지 않고 달려들었다.

찌리릿!

적월의 손에서 연신 파천일지로 만들어내는 지력들이 발출됐다.

따다당!

막초가 어지럽게 검을 휘둘러 적월의 지력을 받아냈다.

그러나 주로 검을 쓰던 오른팔을 더 이상 사용할 수 없는 막초의 초식은 어딘가 엉성해 보였다.

연이어 닥쳐드는 적월의 파천일지를 막아내는 것도 버거워 보일 정도였다.

그런 막초를 향해 적월이 갑자기 왼손에 들고 있던 검을 휘둘렀다.

번쩍!

눈부신 광채가 어두운 밤공기를 뚫고 지나갔다.

그리고 갑작스레 펼쳐진 이 일 초의 검식이 한순간에 이 대결의 승패를 결정했다.

어둠을 뚫고 나간 적월의 검은 정확하게 막초의 무릎을 베어냈다.

"욱!"

막초의 입에서 다시 묵직한 신음 소리가 흘러나왔다.

쿡!

막초가 한쪽 무릎을 땅에 꿇었다.

그런 그를 향해 적월이 호랑이처럼 날아들었다.

파파팟!

적월의 손에서 연이어 파천일지로 일으킨 지력이 막초를 향해 날아들었다.

막초가 한쪽 무릎을 꿇은 상태에서도 어지럽게 검을 휘둘러 적월의 지력을 막아냈다.

그러나 어색한 왼손과 깊은 부상을 당한 그의 몸으로 적월의 공격을 모두 막아내는 것은 불가능했다.

퍼퍽!

막초의 검을 지나친 지력 두어 개가 막초의 몸을 가격했다.

"컥!"

막초가 검을 거꾸로 세워 땅에 꽂으며 격렬한 신음 소리를 토해냈다.

그의 입에서 한 줌의 붉은 피가 쏟아져 나왔다.

"끄으으!"

막초가 무너지려는 몸을 검에 의지해 겨우 지탱했다.

그런 그의 눈앞에 차가운 검이 드리워졌다.

"후우후우!"

막초가 거칠게 숨을 내쉬며 천천히 고개를 들었다.

차가운 검신을 따라 올라간 그의 시선이 적월의 얼굴에서 멈
췄다.

한 올의 자비도 보이지 않는 표정, 처음 막초를 만났을 때와
는 전혀 다른 표정의 적월의 얼굴이 그곳에 있었다.

"대단하구나. 사제……."

"이 결과를 예상했기에 사부가 나에게 신마령을 준 것 아니겠
습니까? 다만… 그래도 사형이 지금까지는 사부의 후계자였으니
기회를 한 번 더 준 것이지요."

"끌끌… 날 비참하게 만드는군. 죽일 생각이냐?"

막초가 물었다.

"원하시는 대로 해드리지요. 물론 죽는 것을 선택하셔도 당장
은 아닙니다. 죽으시기 전에 날 위해 해줄 일이 있습니다."

"하하하! 과연 내 사제다. 독하구나."

막초가 호탕한 웃음을 터뜨렸다.

"먼저… 저들에게 이제 자신들의 주인이 누군지 말해주십시
오."

적월이 고개를 돌려 사조의 마영들을 바라봤다.

"내 모든 것을 빼앗겠다는 것이군."

막초는 마영사조에 대해선 미련이 남는 듯했다.

비록 모든 권력을 사제인 무영마에게 넘겨줘도 마영사조가 자신을 보필하길 바랐던 모양이었다.

"마영십이조는… 한 사람의 명을 따라야 합니다."

"그렇긴 하지. 마영십이조야말로 무공을 제외하면 사부의 유일한 유산이니까."

막초가 고개를 끄떡였다.

그 역시 사부 혼마 창이 마영십이조를 이용해 천하의 마도를 통제하고, 또한 정사대전의 밑그림을 그려 나간다는 것을 알고 있었다.

그러므로 마영십이조를 장악하는 자가 곧 혼마 창의 후계자였다.

그중에서 사조는 막초에게 특별한 의미를 갖는다.

마영사조는 혼마 창이 대제자 절대마룡 막초를 위해 그 통제권을 넘겨준 자들이기 때문이다.

그런 마영사조를 넘겨달라는 것은 결국 막초가 혼마 창의 제자로서, 마도에서 가졌던 모든 힘을 넘겨달라는 의미였다.

"물론 거절하서도 저들은 결국 날 따르게 될 겁니다. 제게 신마령이 있으니까요."

툭!

적월이 손을 떨구자 신마령이 가는 줄에 매달려 허공에 대롱거렸다.

"날 편하게 대해주겠지?"

막초가 모든 것을 포기한 표정으로 물었다.

"물론입니다. 죽음조차도 편하실 겁니다. 원하신다면……."

"살아 있으려면 뭘 해야 하지?"

"…의외군요."

적월은 막초가 죽음을 택하지 않은 것에 실망한 듯한 표정을 지었다.

그런 적월을 보며 막초가 씁쓸하게 미소를 지었다.

"재기를 도모하겠다는 것은 절대 아니네."

"물론 그러실 수 없을 겁니다. 살아 계시려면 거의 모든 무공이 사라지게 될 테니까요."

"무공 폐쇄라… 가혹하군."

"화근은 남기지 않는 것이 좋지요."

적월이 무심하게 대답했다.

그러자 막초가 잠시 침울한 표정을 짓고 있다가 고개를 돌려 사조의 마영 중 한 명을 불렀다.

"이리 와보게."

막초의 부름에 사조의 마영 중 초로의 노인 한 명이 불안한 표정으로 다가왔다.

"이 사람을 아나?"

막초가 적월에게 물었다.

"마영사조의 조장이 도검악이라는 사람이라더군요. 두뇌 회전이 빠르고 살검에 능숙하며… 오랫동안 사형을 모셨다고요."

"맞네. 인사하지? 이제부터 자네 주군이야."

막초가 마영사조의 조장 도검악을 보며 말했다.

그러자 초로의 노인이 망설이는 표정을 지었다.

"제가 어찌 절대마룡 님을 떠날 수 있겠습니까?"

그런데 그 순간 적월의 검이 움직였다.

팟!

"흡!"

스스스!

적월의 검이 어느새 뒤로 묶은 마영사조 조장 도검악의 머리카락을 단번에 잘랐다.

잘린 머리칼들이 밤바람을 타고 허공으로 비산했다.

이 일 초는 사실 불파일맥의 전설적인 검술 일살검이다.

물론 워낙 갑작스레 펼친 초식이라 일살검임을 알아볼 사람은 아무도 없었다.

장내의 사람들은 단지 적월이 파천일지뿐 아니라 검술로서도 절대의 경지에 오른 사람이란 걸 다시 한번 확인할 수 있었을 뿐이다.

"다음번에는 목이다. 난 신마령을 가진 사람이다. 마영십이조에 속한 자 그 누가 감히 신마령의 주인을 거부하는가! 그건 곧 혼마 님에 대한 거부다."

"무… 무영마 님!"

도검악이 당황한 표정으로 적월을 바라봤다.

"애초에 너희들을 마영으로 만들고, 또한 사형을 따르도록 한 분이 누군가. 바로 혼마 님이시다. 그러니 너희들은 사형의 호위

이전에 혼마 님의 사람이다. 감히 그걸 거부하겠다는 것이냐?"

"주, 죽을죄를 지었습니다."

도검악이 그 자리에 부복하며 머리를 조아렸다.

그 모습을 본 막초가 씁쓸한 표정을 지었다.

어쩔 수 없는 일이라 해도 도검악이 너무 쉽게 적월에게 굴복하는 모습을 보였기 때문이다.

그런 도검악을 향해 적월이 더 강한 협박을 해댔다.

"날 따르지 않겠다면 그건 네 자유다. 나도 솔직히 그리 아쉬울 것은 없지. 사형을 따르던 자들을 온전히 믿을 수는 없으니까. 너희들 따위… 모두 죽여 버리고 새로 마영사조를 만들면 그뿐이다."

섬뜩한 적월의 경고에 도검악의 얼굴이 하얗게 질렸다.

적월의 표정과 말투가 정말로 그런 일을 망설이지 않고 할 수 있는 사람으로 보였기 때문이다.

"후우… 사제. 그만하게. 그쯤 했으면 알아들었을 걸세. 이보게, 도검악!"

막초가 도검악을 불렀다.

"예, 주군!"

"그 버릇도 빨리 버리게. 더 이상 난 자네의 주군이 아니야. 계속 그런 식으로 날 부르면 이 냉정한 사제가 자네와 날 같이 죽일 거야."

"……"

막초가 미소를 지으며 한 말이었지만, 도검악의 두려움을 극도로 끌어내기에는 충분했다.

"사리분별이 분명한 사형이 계시니 사조장이 앞으로 실수할 일은 없겠군요."

적월이 무심하게 말했다.

그러자 도검악이 적월과 막초를 번갈아 바라보다가 이내 몸을 돌려 적월 앞에 부복했다.

"도검악! 신마령주님을 뵙습니다."

"좋아. 앞으로 나와 할 일이 많을 거야."

적월이 말했다.

"명을 따르겠습니다."

"난 사형과 조금 더 할 이야기가 있으니 있던 곳으로 가 있지."

"예."

대답을 한 도검악이 사조의 마영들이 있는 곳으로 빠르게 물러났다.

"자, 또 바라는 것이 뭔가?"

도검악이 물러가자 막초가 물었다.

"마맹에 날 소개해 주셔야겠습니다."

"음… 사부께서 직접 하는 것이 더 좋을 텐데?"

"사부께선 제 힘으로 마맹을 장악해 보라시더군요. 신마령까지 주었는데 그 정도는 직접 해야 한다머……."

"참 알 수가 없군."

막초가 고개를 갸웃했다.

"무엇을 말입니까?"

"사부님 말이야. 화산을 불태운 지 어느새 넉 달이 다 되어가네. 이제 마맹의 문파들에게 향후의 계획을 말해줘야 할 때지. 무림맹과 정면으로 맞서든지, 아니면 어둠 속에서 계속 기습전을 하든지. 그런데 이런 일을 마맹의 문파들에게 명하시려면 직접 오셔야 하는 것인데……."

"그에 대한 말씀이 있으셨습니다."

"아, 그런가?"

그럼 그렇지 하는 표정으로 막초가 되물었다.

"일단 구중천의 천주를 맹주로 세우라 하시더군요."

"음……."

막초가 못마땅한 표정으로 신음성을 흘렸다.

"못마땅한 모양이시군요."

"사부께서는 언제나 이런 식이었지. 일은 당신께서 다 계획해 놓으시고 그 과실은 다른 사람에게 넘기셨거든. 과거 칠마의 난 때는 천마 파융에게, 그리고 이번에는 그 제자 후금이라… 그 결과가 그리 좋지 못했는데도 말이지."

"그거 아십니까?"

적월이 불쑥 물었다.

"뭐 말인가?"

"바로 그 점이 사형께서 사부님께 신뢰를 잃은 이유입니다."

"응?"

"사부께서는 신마령의 주인이 무림의 전면에 나서는 것을 원치 않으셨지요. 아니, 그것이 과거 모든 신마령의 주인으로부터 이어져 온 전통입니다. 그런데 사형께서는 그런 은거의 삶에 불만을 가지셨지요."

적월의 말에 막초가 표정이 일그러졌다.

"겨우 그 이유로?"

"뭐… 더 뛰어난 제자를 만난 이유도 있겠지요."

적월이 아무렇지도 않게 막초의 자존심을 긁어댔다.

"후우… 그래서 잘난 사제는 어둠 속의 지배자로 만족하려는 가?"

"전 좋습니다. 사실… 마맹의 맹주가 되어 번거로운 삶을 사는 것은 제 취향이 아니지요."

"정말 다르군. 나와는……."

막초가 고개를 저었다.

"신마령의 주인은 어둠에 익숙해져야 한다고 사부께서 말씀하셨지요. 전… 어둠이 좋습니다. 사람들의 뒤에 있는. 그곳에서 모두를 지배하는……."

"좋아, 좋아. 자네야말로 진정한 혼마 님의 후계자라는 걸 인정하지. 그러고 보니 두 사람이 은근히 닮았어."

막초가 더 이상 할 말이 없다는 듯 고개를 저었다.

"그럼, 일단 마맹으로 가실까요?"

"정말 살려주기는 하는 건가?"

"편히 사실 겁니다."

적월이 무심하게 대답했다.

제6장
입곡(入谷)

　호관에서 북쪽으로 하루 길, 백마산 상천곡에 마맹의 본거지가 만들어진 것은 꽤 오래전부터 계획된 일이었다.

　혼마 창은 서역에서 십육마문의 후예들을 불러 모아 마맹을 만드는 것만큼이나 백마산 상천곡에 마맹의 본거지를 만드는 일에 심혈을 기울였다.

　그만큼 상천곡의 마맹 본거지는 난공불락의 성이었고, 수많은 기관과 강호에 알려지지 않은 기괴한 진법들로 만들어진 비밀스러운 곳이었다.

　후우웅!

　북쪽에서 불어온 바람이 상천곡을 따라 흐르는 안개의 흐름을 크게 출렁이게 만들었다.

　그러나 잠깐 출렁인 안개의 강은 금세 본래의 모습을 회복해 상천곡을 세상으로부터 감춰 버렸다.

"놀랍군요. 듣기는 했지만……."

백마산 정상에서 안개의 강에 가려진 상천곡을 바라보며 적월이 감탄했다.

진심으로 하는 말이었다.

백마산 상천곡은 그가 상상했던 것 이상으로 거대하고 신비로웠다. 뇌옥에서 혼마 창이 그토록 자랑할 만한 모습이었다.

무굴산의 무림맹과 비교하면 오히려 상천곡의 손을 들어줄 수밖에 없을 정도였다.

"아마 무림맹에서 일만의 정예고수가 몰려와도 상천곡을 함락시키지 못할 거다."

적월 옆에서 피투성이의 막초가 대답했다.

"양립이 가능할지도 모르겠군요."

적월이 심각한 표정으로 말했다.

"양립? 사부께선 양립은 생각지 않으셨는데? 사제는 그걸 생각하나?"

양립이란 정사가 공존하는 무림을 말한다.

절대삼천의 내기가 아니라면 안 될 것도 없었다. 물론 이런 생각은 상천곡을 본 후에 떠오른 생각이었다.

상천곡을 근거지로 마도가 군림하면 그 어떤 세력도 마맹을 몰락시키지 못할 것 같았다.

'굳이 피 흘리며 싸울 필요가 있을까?'

물론 적월이 마맹에 들어온 것은 절대삼천의 나머지 이인을 상대하기 위함이었다.

하지만 그들의 존재만 제외하면 굳이 마맹과 무림맹 중 한쪽이 몰락할 만큼 격렬한 정사대전을 치를 이유가 없다는 생각이 드는 적월이었다.

'하긴 뭐, 내가 걱정할 일은 아니지.'

정사대전이 벌어지고, 어느 한쪽이 전멸을 한다 해도 적월이 걱정할 일은 아니었다.

지금 그에게 중요한 것은 마맹을 이용해 이천을 상대하는 일이었다.

"사제?"

자신의 질문에 적월이 대답을 하지 않자 막초가 적월을 불렀다.

조금 불쾌한 표정도 있었다. 아무리 패했다고는 해도 사형 대접은 해줘야지 않느냐는 표정이었다.

"아, 죄송합니다. 제가 잠시 딴생각을……."

"양립을 생각하냐고 물었네."

"뭐, 나쁘지 않을 결과죠."

"음… 객관적으로는 마맹의 힘이 무림맹에 비할 바 아니니까 그렇긴 하군. 양립이면 성공적인 결과지."

막초가 고개를 끄떡였다.

"그래도 얼마간 피를 보긴 해야지요."

"그야 그렇지. 피를 보지 않는 평화가 가당키나 하나. 강호무림에서……."

막초가 실실거렸다.

'이자가 정말 자기 사부를 닮았군. 정사대전을 즐거운 놀이

로 생각하는 걸 보니. 그런데 정말 이자는 절대삼천에 대해 모를까?'

갑자기 의문이 들었다.

혼마 창은 대제자 절대마룡 막초에게도 절대삼천의 존재와 그들의 놀이에 대해 말해주지 않았다고 했다.

그가 절대삼천의 존재를 막초에게 말하지 않은 것은 그에게 과연 마천의 자질이 있는지 확신하지 못했기 때문이다.

"물론 내가 죽을 때까지 제대로 된 놈을 만나지 못하면 어쩔 수 없이 막초가 마천이 되었을 테지만……."

혼마 창이 막초에게 절대삼천의 존재를 숨긴 이유를 설명하며 한 말이다.

하지만 지금 와서 생각해 보면 자신과 무척 닮아 있는 막초를 크게 신뢰하지 못한 혼마 창의 마음을 이해하기 힘들었다.

그래서 정말 막초가 절대삼천에 대해 모르고 있는지에 대한 의문이 생긴 것이다.

혼마가 십이천문에 모든 진실을 말해주지 않았을 것임은 분명하기 때문이었다.

"사제는 정말 생각이 많군."

또다시 대화가 끊기자 막초가 심드렁하게 말했다.

"하! 그렇군요. 내가 또 다른 생각을……."

"무슨 생각을 했는가?"

"사부 생각이요."

"사부님? 어떤 생각?"

"사형께서는 사부님과 무척 닮았다는 생각이 들어서요. 그런데 왜 당신과 닮은 사형을 신뢰하지 못하셨나 이해가 가지 않는 군요."

"음, 내가 사부님과 닮았다고?"

막초가 되물었다.

"그렇습니다."

"어떤 면에서?"

"무림의 일, 정사대전까지 일어날 수 있는 일들을 즐거운 놀이로 생각한다는 면에서요."

적월이 자신의 속마음을 숨기지 않고 말했다.

사실 속일 이유도 없는 일이었다.

"음… 그렇고 보니 그렇군. 나나 사부님이나 세상의 일을 모두 하찮게 보는 경향이 있었지. 사람을 무시하고… 클클! 그러다가 이런 꼴을 당했지만. 아마 그걸 경계하셨을 걸세. 당신이야 세상을 우습게 볼 능력이 있다고 생각하셨겠지만, 나에겐 그럴 능력이 없다고 보신 거겠지. 그러니 사제도 조심하게. 사부님은 언제든 후계자를 바꿀 수 있는 사람이야."

"잘 알고 있습니다."

적월이 덤덤히 대답했다.

"그런데 나도 사제에게 이상한 생각이 드는군. 사제는 사부나 나와 무척 다른 사람 같단 말이야. 그런데 사부는 왜 당신과 이렇게나 다른 사람을 후계자로 들였을까?"

막초가 고개를 갸웃했다.

두 사람에 비하면 적월은 날카롭기보단 강한 느낌의 사람이었다.

"그야 모르지요."

적월이 고개를 저었다.

그러자 이번에는 막초가 잠시 침묵을 지켰다. 그러다가 문득 입을 열었다.

"흐흐, 난 알겠어."

"이유가 뭡니까?"

"열등감."

"예?"

"자네는 모르겠지만 나는 칠마의 난이 끝날 무렵부터 사부의 곁에 있었네. 그래서 사부의 본성을 자네보다는 잘 알지. 사실 사부님은 천하제일의 책사요, 무인이라고 자부하지만 내심에는 열등감을 가지고 있으셨네."

"대체 사부님이 누구에게 열등감을 느낀단 말입니까?"

적월로서는 뜻밖의 말이었다.

누구도 아닌 혼마 창이다. 절대삼천의 일인. 그런 사람이 누구에게 열등감을 느낀단 말인가?

"사부는 성품이 강직한 사람에 대한 본능적이 열등감이 있으셨네. 아, 능력을 말하는 게 아니야. 능력으로 보자면 사부가 누구에게 밀릴 사람은 아니니까. 단지 천마 파융같이 선천적으로 강한 기도를 타고난 사람에 대한 열등감이 있으셨지. 아마 자신의 날카롭고 예민한 성정이 내심 싫으셨던 모양이야. 그래서 자네를 고른 것 같군."

특별히 관심을 둘 말은 아니다.

하지만 혼마 창의 성정을 이해하는 데는 도움이 되는 말이다.

"뭐… 사람은 누구나 자신이 가지고 있지 못한 것에 대해 욕심을 내지요. 자신이 가진 것이 훨씬 많은데 그걸 모르고 말이지요."

"하하하, 그러게 말일세. 그러고 보면 사부님도 한 명의 인간일 뿐이었어."

혼마 창의 인간다움이 몰락한 자신의 처지를 위로해 주었는지 막초가 호탕하게 웃음을 터뜨렸다.

지금에 와서는 더 이상 혼마 창에 대한 두려움도 없는 듯 보였다.

그런데 그때 안개 가득한 백마산 상천곡에서 검은 옷을 입은 사내 하나가 가파른 절벽 길을 빠르게 타고 오르기 시작했다.

그는 상천곡 위쪽 절벽에 올라선 후 잠시 주변을 살피다가 적월 일행을 발견하고는 망설이지 않고 다가왔다.

"주… 주군!"

어둠 속에서도 막초를 알아보고 다가오던 사내가 갑자기 걸음을 멈췄다.

그러고는 당황한 표정으로 막초를 보며 입을 열었다.

"왜 내 몰골이 이상한가?"

온몸에 피 칠을 하고 있는 막초를 보고 놀란 흑의인에게 막초가 물었다.

"이게 무슨……?"

"그렇게 됐어. 그리고 그대의 주군이 바뀌었다. 여기 내 사제로."

막초가 턱으로 적월을 가리켰다.

그러자 흑의인이 어리둥절한 표정으로 적월이 아니라 한쪽에 서 있는 사조의 조장 도검악을 바라봤다.

흑의인과 눈이 마주친 도검악이 무거운 표정으로 고개를 끄떡였다.

"새 주군과는 나중에 인사하고. 그래, 무슨 일이지? 날 찾아나오다니."

막초가 흑의인에게 물었다.

"그것이… 구중천주가 나타났습니다."

"벌써 상천곡에 들어왔다고?"

"그건 아니고. 하루 뒤에 도착한다고 구중천의 마인들에게 연락을 한 모양입니다."

"일정을 잘 잡았군."

막초가 적월을 보며 말했다.

"사부께서 정한 순서지요."

적월이 덤덤하게 대답했다.

이 모든 일이 마치 혼마 창의 계획하에 일어나는 일이라는 인상을 주려는 목적이었다.

물론 혼마 창의 계획하에 일어나는 일이 맞기는 했다. 단지 그가 십이천문의 뇌옥에 갇혀 있을 뿐.

"후후, 궁금하군. 사제가 주도하는 마맹이 어떤 모습일지."

막초가 음산한 웃음을 흘렸다.

"뭐… 별게 있겠습니까? 사부님이 원하시는 대로 되겠지요."

"흠, 충실한 제자란 건가?"

"다른 의견을 받아들이실 분이 아니니까요."

"후후, 그렇긴 하지. 그래서 내가 이 꼴이 되었으니까. 아무튼 그만 가세. 상천곡의 마맹… 마음에 들 걸세. 이틀 뒤에 구중천의 천주가 오면 이후에 대회합을 열어 상천곡에 머무는 마도의 괴물들과 만나 보게."

"알겠습니다."

적월이 대답했다.

"좋아. 모두 가자. 좀 쉬어야 할 거 같아. 힘들군."

막초가 적월에게 입은 상처가 고통스러운지 인상을 찌푸리며 말했다.

*　　　*　　　*

혼마 창의 말로는 상천곡의 마맹은 오직 아는 자만이 볼 수 있다고 했다.

놀라운 것은 밖에서 볼 때와 달리 상천곡 내부가 그리 어둡지 않다는 것이었다.

물론 처음 상천곡 입구로 들어온 자는 대낮이라도 한밤중에 길을 걷는 것 같은 느낌을 받을 것이다.

하지만 그 어둠을 뚫고 얼마간 이동하면 어둠이 사라졌다.

어둠을 흩어지게 만드는 빛은 인공적으로 만들어진 빛도 아니었다.

빛은 태양을 통해 공급되었고, 사람이 만든 빛은 밤에만 힘을 냈다.

그럼에도 불구하고 외부에서는 상천곡 안의 마맹을 볼 수 없었다.

상천곡 위를 흐르는 안개가 시야를 차단하기 때문이었다.

단지 그 안개의 흐름이 미세하게 갈라져 태양빛을 통과시킨다는 게 신기한 일이었다.

"상천곡은 묘한 곳이다. 출입구는 하나지만 그 안에 들어가면 다섯 갈래의 깊은 계곡이 존재해. 내가 그곳에 마맹을 들인 이유기도 하지. 최초에 마맹을 설계한 나만이 곡 내의 지형을 모두 모두 알고 있다. 십육마문의 후예들, 뭐, 말이 그렇지 사실 제대로 전통을 유지하는 마문은 십여 개도 되지 않지만. 아무튼 그들조차도 상천곡 마맹을 모두 알지 못한다. 그것이 네게 큰 도움이 될 거야."

십이천문을 떠나기 전 혼마 창이 적월에게 한 말이다.

혼마 창같이 의심이 많은 자가 만든 상천곡 마맹 본거지다. 그건 곧 상천곡 마맹 본거지가 마도에 대한 그의 통제를 훨씬 강화시켰다는 것을 의미한다.

한 가지 예를 들자면 마음만 먹으면 혼마 창은 아무도 모르는 비도를 통해 십육마문의 문주 누구에게든 은밀하게 접근할 수 있었다.

그 비도를 통해 평상시에는 혼마의 그림자들인 마영을 움직여 십육마문 수뇌들의 동태를 감시했고, 필요하다면 자신이 직접 비도로 이동해 누군가를 죽일 수도 있었다.

한마디로 말해 상천곡 마맹 본거지는 온전히 혼마 창을 위해 만들어진 어둠의 성이나 마찬가지였다.

그리고 그곳을 지금은 적월이 접수하려 하고 있었다.

"마음에 드나?"

상천곡 깊은 곳까지 적월을 데리고 들어온 막초가 문득 물었다.

"상천곡이요?"

"아니, 저곳."

막초가 그나마 성한 왼손을 들어 한 곳을 가리켰다.

상천곡 내 다섯 협곡 중 가장 안쪽에 위치한 협곡으로부터 시작된 절벽 중턱의 작은 오두막이다.

"망루입니까?"

적월이 되물었다.

보기에는 상천곡 내부를 감시하는 망루 같아 보였다.

"뭐, 틀린 말은 아니지. 단지 그곳에서 상천곡을 감시하는 사람이 다른 아닌 사부님이었다는 사실이 특별한 거고."

"저곳이 사부님의 거처군요. 사부께서 말씀하시길 직접 보면 나쁘지 않을 거라 하셨는데……."

"실망인가?"

"사부님의 거처치고는 너무 허름하군요."

"후후, 사람이나 사물이나 겉만 보고 판단하면 안 되는 법이지."

막초가 가볍게 웃었다.

"안에 들어가면 다르다는 뜻입니까?"

"직접 가보게."

막초가 다시 손을 들었다.

그러면서 고개를 돌려 상천곡 위로 그를 마중 왔던 마영에게 고개를 끄덕였다.

막초의 지시를 받은 마영이 절벽 위 오두막을 향해 가볍게 손을 흔들었다.

스스스!

갑자기 절벽 아래 가득 찼던 안개들이 흩어졌다.

파도가 갈리듯 갈라진 안개는 절벽을 따라 오르며 일정한 폭의 길을 만들었다.

안개가 흩어지면서 드러난 절벽 길은 나무옹이처럼 불쑥불쑥 튀어나온 작은 석재들로 이뤄져 있었다.

하지만 석재들이 발 디딜 곳을 만들고 있다고는 해도 수직으로 서 있는 절벽이어서 산을 잘 타거나, 혹은 무림인이 아니면 쉽게 오를 수 없는 길이었다.

"가세."

막초가 적월을 보며 오르기를 권했다.

"괜찮으시겠습니까?"

적월이 되물었다.

팔도 팔이지만 다리도 한쪽은 검에 베어 제대로 쓸 수 없는 막초였다.

평지라면 모를까 수직의 절벽을 오르는 일이 결코 쉽지 않은 몸 상태였다.

더군다나 적월에 의해 단전의 혈도까지 제압되어 내공도 미약하게밖에 쓸 수 없었다.

지금 막초는 평범한 산꾼보다도 못한 몸이었다.

"다리 하나, 팔 하나는 건재하니 걱정 말게. 떨어져 죽지는 않을 테니. 낄낄… 하지만 정말 볼품없기는 하군. 이 막초의 처지가 참 처량하게 되었구나."

막초가 자조 섞인 웃음을 흘렸다.

그러면서도 먼저 절벽으로 다가가 십여 장이 넘는 높이에 위치한 오두막을 향해 절벽을 오르기 시작했다.

턱턱!

가끔 흔들거리기는 했지만 막초는 불편한 몸으로도 장담대로 능숙하게 절벽을 올랐다.

적월은 막초가 오두막에 다 오를 때까지 절벽 아래 있었다.

"올라오게."

오두막에 올라선 막초가 아래를 내려다보며 적월에게 말했다.

탁!

적월이 가볍게 발을 굴렀다. 그러자 그의 몸이 마치 부유하듯 허공으로 떠올랐다.

툭툭!

적월이 가볍게 옹이처럼 나온 석재들을 밟았다.

그 작은 힘으로도 그의 몸은 새처럼 허공을 날아 올라갔다. 그러고는 순식간에 막초 곁에 내려섰다.

"부럽군."

"무인이면 어려운 일은 아니지요."

"난 이제 할 수 없는 일 아닌가."

막초가 적월을 보며 말했다.

우울한 표정이고, 뭔가를 바라는 느낌이다.

"안 될 일입니다."

적월이 냉정하게 고개를 저었다.

막초의 표정이 자신의 내공을 회복시켜 달라는 것이라는 걸 알고 있기 때문이다.

"매정하군."

"세상에서 가장 위험한 적이니까요."

"후후후, 그렇게 인정해 주니 고맙군. 들어가세."

막초가 절벽 중턱, 작은 평지에 서 있는 오두막으로 기우뚱거리며 걸어갔다.

"열게!"

오두막 앞에 선 막초가 소리쳤다.

그러자 문이 안쪽으로 열렸다.

열린 문 안쪽에서 검은 옷을 입은 사내 한 명이 막초에게 정중하게 고개를 숙여 보였다.

"소식은 들었나?"

막초가 물었다.

"예."

대답을 하면서 흑의인이 슬쩍 막초의 뒤에 서 있는 적월을 바라봤다.

"그럼 새 주인에게 인사를 해야지. 뭘 하고 있나?"

막초가 가볍게 사내를 타박했다.

그러자 사내가 잠시 망설이는 듯하다 문 앞으로 걸어 나와 적월에게 고개를 숙여 보였다.

"무영마께 인사드립니다. 천융입니다."

"그대가 마영이조의 조장이군."

적월이 무심하게 고개를 끄떡였다.

"그렇습니다. 마맹에서 혼마 님 거처를 지키고 혼마 님이 이곳에 머무실 때는 호위를 책임지고 있습니다."

"알고 있어. 안내하게."

적월의 냉담한 반응에 천융, 마영이조의 조장 표정이 살짝 변했다.

아마도 자신이 무시받았다고 생각하는 듯했다. 이런 무시는 평소 절대마룡 막초조차도 하지 않는 것이다.

마영십이조의 다른 조장들은 몰라도, 일, 이, 삼조의 조장들은 혼마 창의 오랜 심복 중의 심복으로 절대마룡 막초조차 평소 이들을 함부로 대하지 않았다.

그러나 적월은 천융이 느끼는 불쾌감에는 전혀 관심이 없었다.

"뭐 할 말이 있나?"

문 앞에서 뜸을 들이는 천융에게 적월이 물었다.

"아, 아닙니다. 들어가시지요."

천융이 살짝 당황한 표정을 지으며 말했다.

그는 이미 절대마룡 막초를 수행한 마영들로부터 오늘 밤 일어난 일을 전달받은 상태였다.

드러나지 않았던 혼마 창의 이제자 무영마가 절대마룡 막초를 꺾은 일부터, 그에게 혼마 창 자신을 의미하는 신마령을 주었다는 사실까지.

또한 감정적으로는 여전히 처음 보는 무영마에게 의문을 가지고 있어도 그걸 밖으로 드러내면 안 된다는 사실도 분명히 알고 있었다.

절대마룡 막초를 이 지경으로 만들었다면, 한순간 자신의 목을 베고도 남을 성정을 가진 인물이 분명했다.

이성이 감정을 억누른 천융이 적월에게 정중한 모습을 보이며 안으로 들기를 권했다.

적월은 그런 천융의 변화에 여전히 무심한 듯 오두막 안으로 들어갔다.

'훗, 역시 누리기 좋아하는 인간이었을 뿐.'

실소가 흘러나왔다.

허름해 보이는 오두막 안으로 들어가 그 내부를 본 적월의 속마음이었다.

오두막 안은 밖에서 보던 것과는 전혀 달랐다.

밖에서 보는 오두막은 초탈한 은거기인이 기거하는 거처처럼 수수하고 허름했다.

그러나 오두막 안의 광경은 세상의 그 어떤 공간보다 화려했다.

오두막 뒤쪽 절벽을 깊이 파고 들어가 넓게 형성된 공간은 신비로운 광채로 가득했다.

바닥에 깔린 귀한 대리석들, 벽면을 장식한 귀한 청석들, 천장에는 주먹만 한 야광주들이 좁은 간격으로 박혀 있었다.

이런 화려한 공간을 가졌다는 것은 혼마 창이 겉으로 보이는 모습과 달리 무척 권력에 집착했다는 의미였다.

'얼마나 답답했을까. 조사인 여의선인 순우황의 유언에 따라 직접 무림의 제황으로 군림할 수 없는 삶이. 이렇게 화려함을 좋아하는 사람이… 그래서 화가 나서 무림을 두고 그런 장난을 치고 있었던 거겠지. 그런데 다른 두 사람도 이럴까?'

적월이 내심 이천과 밀천을 떠올렸다.

사실 혼마 창을 제압하는 순간부터 절대삼천은 이미 과거 적월이 막연하게 느꼈던 두려움의 존재는 아니었다.

그들도 사람이고, 자신이나 십이천문의 고수들이 제압할 수 있는 존재들이란 사실을 이미 경험한 적월이다.

그러나 여전히 그들에 대한 신비함 같은 것은 남아 있었다.

그런데 오늘 혼마 창의 화려한 거처를 보는 순간 그 신비함마저 사라지고, 이들이 욕망은 가득하지만 그 욕망을 풀어내지 못해 화가 난 인간들일 뿐이라는 생각이 들었다.

그런 인간들이라면 나머지 이천을 상대하는 것도 좀 더 수월할 수 있었다.

"어떤가?"

적월이 절대삼천에 대해 이런저런 것을 생각하고 있는데 문득 절대마룡 막초가 말을 걸었다.

"좋군요."

"장막에 가려진 천하의 지배자가 머무는 공간다운 곳이지."

막초가 부러운 듯 말했다.

이 공간이 자신의 것이 되어야 했다는 표정이다.

"밖에서 보던 사부의 모습과는 다르군요."

"음… 하긴 자넨 이곳이 처음이니. 사부는 강호에선 수수한 마도인의 모습이시니까."

막초가 고개를 끄떡였다.

"사형께선……?"

"나? 하하, 나도 이런 거처를 갖고는 싶었지. 하지만 사부께서 보고 계시니 그럴 수 있나. 투박한 곳이네. 내가 머무는 곳은."

그나마 혼마 창보다는 괜찮은 사람이란 생각이 들었다. 자신의 속마음을 감추지 않고 드러낸다는 면에서…….

아니면 더 이상 혼마 창의 자리를 욕심낼 수 없다는 사실 때문에 솔직해진 것일 수도 있었다.

'무슨 이유든 내겐 좋은 일이지.'

절대마룡 막초로부터 듣거나 얻어낼 것이 많았다.

그런 면에서 막초가 이렇게 솔직해진 것이 적월에게는 큰 도움이 될 것이다.

'그런 면에서는 살려두길 잘했어.'

처음에는 화근을 없애기 위해 막초를 죽일 생각이었다. 그를 만나기 전에 했던 결심이다.

그런데 어쩌다 살려둔 막초는 당장은 적월의 행보에 큰 도움이 되고 있었다.

그가 적월을 정말 혼마 창의 제자 무영마라고 생각하는 이상 내공을 잃고 무공이 사라진 막초는 적월에게 어떤 위협도 되지 않았다.

그리고 어쩌면 혼마 창이 숨기는 수를 알아내는 데 도움이 될 수도 있었다. 혼마는 적어도 막초가 죽었을 거라 생각할 테니까.

"저희는 이곳을 마전(魔殿)이라 부릅니다."

천융이 공손하게 말했다.

"알고 있어. 사부에게 들었지."

적월이 무심하게 대답했다.

천융의 표정이 보이지 않게 다시 흔들렸다. 그러나 여전히 공손함을 잃지는 않았다.

"마전은 모두 네 개의 구역으로 분리됩니다. 지금 저희가 있는 곳은 대전이고……."

"그만! 나도 그 정도는 알아. 이제 다른 사람은 모두 나간다. 사형과 무영오마, 그리고 그대를 포함한 이조의 마영들만 남는다."

적월이 손을 들어 천융의 말을 멈추게 한 후, 마영들에게 마전에서 나갈 것을 명했다.

마영들이 뜻밖의 명에 잠시 망설이다가 이내 고개를 숙여 보이고는 마전을 벗어났다.

마영들이 모두 나가자 적월이 천융에게 물었다.

"내가 왜 마영들을 나가라고 했는지 알겠나?"

"밀전(密殿)을 보시려는 것이온지?"

"눈치가 빠르군. 사부께서 그러셨지. 마영이조의 조장은 당신의 마음을 읽는 데 탁월한 재주가 있었다고. 그러면서도 일정한 선을 넘지 않아 곁에 두고 쓰기에 참 편하셨다고 하셨지. 그런데 정말 그렇군."

"과찬이십니다."

적월을 만난 후 처음으로 칭찬을 들어서인지 천융의 얼굴에 가벼운 미소가 지어졌다.

"아니야. 나도 기대가 커. 다만… 선을 지켜주길 바랄 뿐이야."

"명심하겠습니다."

믿음을 얻었다고 생각했는지 앞서의 불쾌감은 어느새 잊은 표정으로 천융이 대답했다.

"좋아. 그럼 밀전을 보지."

"모시겠습니다."

천융이 다시 고개를 숙여 보였다.

그런데 그때 갑자기 환동이 입을 열었다.

"무영마 님, 난 배가 고픈데……."

갑작스러운 환동의 말에 적월과 무영오마를 제외한 장내의 모든 사람들이 황당한 표정을 지었다.

이런 엄중한 시간에 갑자기 배가 고프다니.

하지만 적월은 아무렇지도 않게 환동의 말을 받았다.

"형님, 참기 힘들어요?"

"응, 무영마 님. 육포라도 좀 줘."

존대와 반말이 뒤섞인 환동의 말투다.

그러자 적월이 천융에게 물었다.

"이곳에 먹을 것이 있나?"

"건량과 육포는 항상 준비해 두고 있습니다."

천융이 얼른 대답했다.

"그럼 육포를 좀 내어다 형님께 드리지. 참, 형님에 대해서도 들었나?"

"무영마 님을 호위하시는 분이 있다는 말은 들었지만……."

이런 사람일 거라고는 생각지 못했다는 뜻이다.

"보는 대로야. 좀 순진하신 분이지. 하지만 절대 실수하지 마. 사람 죽이는 데는 나보다 훨씬 뛰어나고 독한 분이니까. 형님 기분을 상하게 하면 그 순간 죽는 거야. 절대 농담이 아니야."

적월이 경고했다.

"알겠습니다."

천융이 대답을 하고는 이조의 마영 한 명을 바라봤다. 그러자 이조의 마영이 식량을 보관하는 곳으로 사라졌다.

대답을 하기는 했지만 천융은 적월의 말을 곧이곧대로 믿는 것 같지는 않았다.

아무리 보아도 환동이 적월을 능가하는 무공을 가지고 있는 것 같지는 않았기 때문이다.

"여기 있습니다."

잠시 후 이조의 마영이 육포를 가지고 나왔다.

"천천히 드세요."

적월이 육포를 받아 환동에게 넘기며 말했다.

"알았어요. 무영마 님! 흐흐, 육포네."

환동이 천연덕스럽게 육포를 받아 입에 넣으며 대답했다.

그 모습을 가벼운 미소로 보고 있던 적월은 다시 차갑게 인상이 변하며 천융에게 말했다.

"밀전으로 가지."

"예, 무영마 님!"

천융이 대답을 하고는 대전의 오른쪽으로 이동했다.

그르륵!

돌과 돌이 마찰하는 소리가 일어났다.

천융이 미는 벽이 옆으로 이동하면서 작은 폭의 계단이 나타났다.

계단은 일정한 간격으로 박힌 야명주가 밝혀주고 있었지만, 그래도 아래쪽으로 기울어져 있기 때문인지 조금은 공포스러운 느낌을 주었다.

어쩌면 계단 아래쪽에서 올라오는 한기 때문일 수도 있었다.

"아래로 내려가야 합니다."

천융이 말했다.

"그렇겠지. 상천곡 지하를 통해 비도가 이뤄지니까."

적월이 고개를 끄떡였다.

상천곡 내의 다섯 계곡으로 이어지는 비도는 당연히 지하를 통해 만들어진다. 그런데 혼마 창이 머무는 마전은 절벽 중턱에 있으니 상천곡 바닥으로 내려가기 위해서는 제법 긴 계단을 따라 내려가야 하는 것이다.

천융이 먼저 계단을 밟고 아래로 내려가기 시작했다.

그 뒤를 막초가 따랐고, 이후에 적월과 환동, 그리고 무영오마가 비도를 따라 걷기 시작했다.

정확한 거리는 알 수 없었다.

그러나 적어도 십여 장 넘게 아래로 내려온 것은 확실했다.

마전에 들기 위해 절벽을 올랐던 거리를 생각하면 적월은 자신이 지금쯤 상천곡 지하에 있다는 것을 쉽게 짐작할 수 있었다.

그르륵!

다시 그리 크지 않은 석재의 마찰음이 들렸다.

어느새 천융이 비도 끝에 이르러 작은 석문을 열고 있었다.

"나쁘지 않군."

천융이 연 석문을 통해 지하 밀실로 들어간 적월이 고개를 끄떡였다.

밀실은 원형으로 만들어져 있었다. 지름이 오 장 정도로 적지 않은 크기. 그리고 적월이 들어온 문을 포함해 모두 여섯 개의 석문이 둥글게 배치되어 있었다.

상천곡 내 다섯 곳의 계곡으로 이어진 밀도일 것이다.

지하 깊은 곳에 있음에도 공기는 탁하지 않았다. 적월이 걸어 내려온 계단 옆으로 공기의 순환 통로가 이어져 있는 듯 보였다.

밀실 중간에는 석탁이 놓여 있었고, 북쪽 벽면에 상천곡의 지형을 세세하게 그린 지도가 걸려 있었다.

"이곳이 상천곡의 중심이랄 수 있지."

막초가 석실을 돌아보며 씁쓸한 표정으로 말했다.

아마도 자신이 이 석실의 주인이 될 거라 생각했던 시간이 떠오른 모양이었다.

이 석실의 주인이 곧 마맹의 주인이다.

맹주야 누가 되든 상관없는 일이었다. 이 석실에 있으면 상천곡 마두들의 움직임을 앉아서도 모두 알 수 있었다.

필요하다면 석실과 이어진 비도로 이동해 누구든 기습적으로 죽일 수도 있었다.

"삼조라 했나?"

문득 적월이 천융에게 물었다.

"그렇습니다."

"조장을 불러라."

"예, 무영마 님!"

천융이 대답을 하고는 석실 한쪽에 있는 작은 줄을 잡아당겼다.

들리는 발걸음 소리가 가볍다.

몸이 작은 사람이라고 생각할 수도 있지만 적월은 여인의 발자국 소리라는 것을 알고 있었다.

마영삼조의 조장이 여인이란 사실을 이미 혼마 창에게서 들었기 때문이다.

평소 백마산 상천곡에 머무는 마영들은 마영이조와 삼조, 그리고 막초를 따르는 사조가 전부였다.

이조는 상천곡 내에서 혼마 창의 호위를 담당하고, 그가 없을 때는 마전을 지키며 절대마룡 막초의 지시를 따른다.

그들의 존재는 마맹의 마두들도 인지하고 있었다.

반면 삼조의 존재는 마맹의 마인들에게도 철저히 비밀로 지켜지고 있었다.

그들은 대외적으로는 이조의 마영들과 섞여 있는 듯 보이지만 실제는 이곳, 밀전에 주로 기거하면서 다섯 개의 계곡으로 이어진 밀도를 지킨다.

당연히 밀도를 통해 마맹의 마두들을 감시하는 일도 그들의 몫이다.

삼조에 대한 통제권은 절대마룡 막초조차도 갖고 있지 못했다.

이들은 온전히 혼마 창의 명에만 복종했고, 혼마 창 이외의 사람들은 그들을 움직일 수 없었다.

그 삼조의 수장이 여고수 적사(赤蛇)였다.

이름부터가 불편한 이 여고수의 정체를 제대로 알고 있는 사람은 혼마 창밖에 없었다.

물론 이제는 적월까지 두 명이 되었지만.

드르륵!

발자국 소리를 느낀 지 십 초도 지나지 않아 북쪽으로 이어진 비도의 문이 열렸다.

그리고 다른 마영들처럼 검은 무복을 입고 검은 천으로 얼굴을 가린 삼조의 조장 적사가 밀실로 들어왔다.

"무슨 일이죠?"

밀전으로 들어온 적사가 이조의 조장 천웅을 보며 물었다.

자신을 부를 수 있는 사람이 장내에는 천웅밖에 없었다. 막초조차도 자신을 부를 수 없기 때문이다.

"무영마께서 오셨소."

천융이 대답했다.

"그런데요?"

적사가 되물었다.

"무영마께서 그대를 보길 원하셨소."

천융이 까탈스러운 적사의 반응에 불쾌한 듯 대답했다.

"삼조는 오직 혼마 님의 명만 따른다는 것을 모르나요? 난 혼마 님이 밀전에 와 계신 줄 알고 온 것인데……."

혼마의 제자인 무영마는 자신을 부를 자격이 없다는 뜻이다.

"모르나?"

적월이 천융에게 물었다.

자신이 절대마룡 막초를 제압한 신마령주란 사실을 알리지 않았느냐는 뜻이다.

"미처 알리지 못했습니다."

"그렇군. 너무 화내지 말아. 내가 그대를 부른 건 부를 만해서 부른 거니까."

"무영마 님이시군요. 죄송한 말씀이지만 무영마 님도 삼조를 움직이실 수는 없습니다."

"알아. 하지만 이건 좀 다르지?"

탁!

적월이 석탁에 신마령을 올려놓았다.

"…신마령! …어떻게?"

적사가 놀란 눈으로 석탁 위의 신마령을 바라보다 시선을 적월에게로 돌렸다.

"이젠 나에게 그댈 부를 자격이 있다는 걸 인정하지?"

"그렇습니다. 신마령이라면 당연히⋯⋯."

신마령은 혼마 창의 분신이다.

적사를 부를 자격이 있는 것은 당연한 일이다.

"좋아. 그럼 이리 와 앉아. 이야기 좀 해보자고!"

적월이 검을 들어 석탁을 툭툭 치며 말했다.

제7장
새로운 시작

"그럼 혼마 님은 어디에 계신 겁니까?"

적사가 물었다.

적월은 적사의 표정과 질문에서 이 여마두가 혼마 창에게 갖고 있는 감정이 단순한 충성심이 아니라는 것을 깨달았다.

"가장 믿을 수 있는 사람? 그야 나에게는 적사지. 물론 너에게는 아닐 수도 있지만!"

십이천문 뇌옥에서 자신의 모든 것을 이야기할 때, 혼마 창이 적사를 두고 한 말이다.

그때는 단순히 혼마 창에 대한 충성심이 강한 사람이구나 정도로 생각했는데 지금 적사의 반응을 보니 그 이상인 것이 분명했다.

'영악한 늙은이… 무슨 관계일까?'

혼마 창이 적사에 대한 모든 것을 말해준 게 아닌 것이 분명했다. 이런 반응은 친인이거나 혹은 정인이 보이는 반응이다.

적사는 혼마 창을 한 명의 사람으로서 걱정하고 있었다.

"사부님은 일조장과 당분간 여행을 하실 거야."

적월이 무심하게 대답했다.

그러자 적사가 좀 더 적극적으로 물었다.

"어딜 여행하고 계시는지요?"

어떻게 보면 혼마 창의 행적을 추궁하는 것처럼 보인다.

"……?"

계속되는 질문에 적월이 말없이 적사를 응시했다.

그러자 적사가 한순간 자신의 실태를 깨닫고는 말없이 고개를 숙였다.

"사부께서 이런 말씀을 하셨지. 마영십이조의 조장 중 삼조의 조장은 믿을 만한 사람이라고. 아, 물론 다른 조장들을 믿지 못한다는 것은 아니나 그대를 좀 더 믿는다는 말씀이셨지."

"그, 그런 말씀을 하셨나요?"

적사의 얼굴이 조금 밝아졌다.

하지만 적사의 기쁨은 거기까지였다.

"분명히 그렇게 말씀하셨어. 그런데 그건 어디까지나 사부님의 생각이란 걸 알아야 할 거야."

적월의 냉정한 말투에 적사의 얼굴이 굳었다.

"무슨 뜻으로 하신 말씀이신지……?"

"사부님이야 그대와 함께한 세월이 오래되었으니 그대를 믿는 것이지만, 난 오늘 처음 그대를 보는 것이거든."

"……."

"다시 말해 나에게 그대는 다른 사람과 다를 바 없다는 거야."

"물론 그러시겠지요."

당연하다는 듯 적사가 대답했다.

"그러니까 그대는 무척 조심해야 해. 삼조장이 지금 나에게 해 대는 질문들 말이야. 무척 거슬려. 내가 그대에게 사부님의 행적을 취조당해야 하나?"

"취조라니요. 절대 그런 의도가 아니었습니다. 단지 궁금해 서……."

적사가 얼른 고개를 저었다.

"이분이 누군지 알지?"

적월이 옆에 앉아 있는 막초를 가리켰다.

"어찌 절대마룡 님을 모르겠습니까?"

적사가 마른 피가 묻은 옷을 입은 채 힘없이 의자에 앉아 흥미롭게 자신과 적월을 바라보고 있는 막초를 보며 대답했다.

"이분이 말이야. 가깝게는 내 사형이시지. 그런데 내가 사형을 이렇게 만들었어. 다시 말해 난 사형조차도 이렇게 만들 수 있는 사람이야. 하물며 그대 정도야. 지금 이 자리에서 목을 벨 수도 있지. 음… 나쁜 선택은 아니야. 그대의 목을 베면 다른 마영 십이조의 조장들에게 좋은 경고가 될 테니까."

"무… 무영마 님!"

그냥 하는 경고가 아니라고 생각했는지 적사가 하얗게 질린 얼굴을 하면서 말을 더듬었다.

"사부와 그대 사이에 어떤 신뢰가 쌓여 있는지 모른다. 그러나 사부께서 내게 신마령을 주시며 한 말이 있어. 그게 뭔지 아나?"

"……."

적사가 감히 대답하지 못했다.

"이 말을 하셨어. 이제 마도의 모든 사람의 생사여탈권은 네가 갖게 되었다. 누굴 죽이든, 누굴 살리든 그건 모두 네 결정이다."

적월의 말에 적사가 아무런 말도 못 하고 잘게 몸을 떨었다.

"나 같으면 무릎이라도 꿇겠다."

재미있는 놀이를 구경하는 듯하던 막초가 말했다.

그러자 적사가 얼른 석실 바닥에 부복했다.

"감히 신마령의 주인께 무례를 범했습니다. 용서를!"

적사의 행동에 적월이 심드렁한 표정으로 그녀를 바라보다 막초에게 물었다.

"사형의 생각은 어떠신지요?"

"내 생각이 중요한가? 사제 뜻대로 하면 되지."

"매정하시군요. 그래도 오랫동안 인연을 맺어온 사이신데……."

"아니야. 얼굴이나 아는 정도지. 삼조장은 오직 사부님의 명만 따르는 사람이거든. 사실 자네가 아니어도 언젠가 내가 손을 좀 봐주려고 하고 있었지. 너무 도도해서 말이야."

막초의 말에 바닥에 엎드린 적사의 등이 바르르 떨렸다.

분노인지, 수치심인지, 두려움인지 그 이유는 정확히 알 수 없었다.

하지만 그녀가 이 상황을 무척 곤란해하는 것은 분명했다.

그런데 적월의 말 한마디가 또다시 그녀를 완전히 혼란에 빠뜨렸다.

"자, 이 정도로 하고 산책이나 가지. 밀전과 연결된 비도를 다 둘러보려면 얼마나 걸릴까?"

갑작스러운 적월의 말에 적사가 지금의 상황을 이해할 수 없다는 듯 고개를 들어 적월을 바라봤다.

"뭐 하나? 설마 그렇게 엎드려서 날 안내할 생각은 아니겠지?"

순간 적사는 적월의 분노와 경고가 끝났음을 깨달았다.

"감사합니다."

적사가 머리를 조아렸다.

"좋아. 이제 비도들을 보여줘."

적월이 다시 말했다.

그러자 적사가 급히 몸을 일으켜 자신이 나왔던 석문으로 적월을 이끌었다.

"먼저 동이로입니다."

"동이로… 알았어. 가지. 아, 다른 사람들은 이곳에 있어. 무영오마!"

적사가 안내한 석문으로 걸어가려다 말고 적월이 무영오마를 불렀다.

"예, 무영마 님!"

무영오마가 급히 대답했다.

"사형을 잘 지켜."

적월이 사형 막초를 가리키며 말했다.

"난 안 데려가나?"

"안 가보셨습니까?"

"말했잖아. 이곳은 삼조가 지키고, 삼조는 오직 사부님의 명만 받는다고."

"흐흠… 그럼, 이번에도 저 혼자 가지요. 사부님 뜻이 그랬다면."

"흐흐, 기대한 내가 잘못이지. 잘 다녀오게."

막초가 씁쓸한 표정으로 말했다.

"허튼짓은 마십시오."

"이 몸으로 뭘?"

막초가 따지듯 말했다.

"그래도 머리와 입이 있지 않습니까?"

적월이 빙그레 미소를 지으며 적사가 서 있는 석문으로 들어갔다.

그 모습을 보고 있던 막초가 심각한 표정으로 중얼거렸다.

"후우… 사부는 정말 무서운 제자를 들였구나. 무공도 무공이지만 저 독심이란. 내 머리와 입까지 부숴놓지 않은 것이 다행이야."

말을 하는 막초만 두려움을 느낀 것이 아니었다.

이제는 무영마의 가장 가까운 심복이랄 수 있는 무영오마 역시 밀도로 사라진 적월에 대해 새삼스레 두려움을 느끼는 듯했다.

정확하게 사람 한 명이 걸을 수 있는 폭이다.

만약 오가는 사람 둘이 만나면 둘 모두 옆으로 비껴 서야 몸을 부비면서 겨우 지나칠 정도.

"너무 좁군."

적월이 중얼거렸다.

좁은 밀도에 불편함이 느껴졌다.

"혼마 님의 뜻이었습니다. 만약의 경우 이 밀도가 외부에 드러나면 외려 적의 기습 통로로 이용될 수도 있다고 하시면서……."

이해가 되는 말이다.

비밀이 지켜질 때는 마전에 앉아 상천곡 내 모든 마도인들을 감시할 수 있는 비도지만, 만약 비도의 존재가 드러나면 마전을 향해 반격을 가할 수 있는 치명적인 공격로이기도 했다.

그럴 경우 소수의 인원으로 비도를 막아서는 것으로 반격에 대응할 시간을 벌 수 있었다.

물론 현 마도의 정세로 보아 누가 감히 마맹을 창립한 혼마 창에게 반기를 들까 싶지만, 혼마 창은 가능성이 거의 없는 일까지 대비할 만큼 용의주도한 사람이었다.

'후우, 그리고 보면 정말 운이 좋았어. 아니면 운명일지도.'

그렇게 용의주도한 혼마 창이 십이지문에서 만든 함정에 그토록 쉽게 걸려들었다는 것이 여전히 믿기지 않는 적월이었다.

"도착했습니다."

적사가 작은 석실 앞에서 적월에게 말했다.

단순한 모양의 원형 석실. 가운데 작은 석탁이 있고 다른 쪽에는 약간의 건량이 놓여 있다.

그리고 그 안에서 두 사람의 마영이 놀란 눈으로 적사와 그 뒤를 따르는 적월, 그리고 환동을 바라봤다.

"인사드려라. 무영마시다."

적사가 놀라는 마영들에게 말했다.

그러자 마영들이 일어나 급히 고개를 숙였다.

그런데 고개를 숙일 뿐 입을 열지는 않았다.

"노여워 마세요. 이곳은 침묵을 규칙으로 하는 곳이라……."

입을 열어 인사를 하지 않는 마영들에게 화를 낼까 두려운지 적사가 얼른 말했다.

"그렇겠지. 이곳에서 떠들면 혹시라도 그 존재가 발각될 수 있으니까. 그런데 어떻게 마웅들을 감시하지?"

적월이 물었다.

"두 가지 방법이 있습니다. 이곳과 마웅들 수뇌들의 거처로 연결된 통음관이 있습니다. 그걸 통해 그들의 거처에서 나누는 대화를 들을 수 있습니다. 다른 하나는 이곳까지 오신 길보다 훨씬 좁은 길을 통해 그들의 거처 바로 아래까지 다가갈 수 있습니다. 그건 사실… 그들의 행동을 살피는 용도보다는……."

적사가 말꼬리를 흐렸다.

"기습하기 위한 길이군."

"그렇습니다."

적사가 부인하지 않고 대답했다.

"이곳에선 누굴 감시하지?"

적월이 다시 물었다.

"귀곡의 두 곡주입니다."

"음, 귀곡이수 말이군."

"그렇습니다. 구중천의 천주와 함께 마맹의 마웅들 중 가장 중요한 인물들이지요."

적사가 말했다.

"요즘 그들의 동태는 어때?"

이 밀도의 효과를 가장 확실하게 아는 방법은 마영들에게 귀곡이수의 동태를 듣는 것이라고 생각한 적월이 물었다.

그러자 마영 중 한 명이 나직하게 입을 열었다.

"두 사람은 지금 혼마 님과 구중천주의 부재에 대해 의문을 가지고 있습니다. 특히 두 분이 함께 사라졌다는 것 때문에 신경이 날카로워진 것 같습니다."

"이유는?"

"두 사람이 구중천주를 경쟁자로 보기 때문입니다. 그들은 혼마 님과 구중천주가 함께 소식이 끊긴 것이 두 사람의 돈독한 관계 때문이라고 생각하고 있습니다. 그래서 오늘 전해진 구중천주의 귀환 소식에 무척에 신경을 쓰고 있습니다."

"후후, 안됐군."

적월이 실소를 흘렸다.

"구중천주에게 무슨 일이라도 있는 것인지요?"

적사가 물었다.

적월이 구중천주 후금의 귀환에 대해 뭔가를 알고 있는 듯한 표정이기 때문이었다.

"그가 돌아오면 자세히 알게 될 거야. 다만… 귀곡이수의 걱정이 반드시 기우만은 아니란 뜻이지."

"아, 그럼 구중천주가 정말 혼마 님과 함께 있었던 모양이군요."

"함께 있었다고 말하기는 어렵지만 특별한 명을 받기는 했지."

"어떤……?"

"그건 때가 되면 그때!"

적월이 단호한 말투로 대답을 거부했다.

그러자 적사가 아쉬운 표정을 지으면서도 더 이상 질문을 하지 않았다.

"내가 온 것은 알고 있나?"

적월이 다시 물었다.

"아직은 모릅니다."

마영이 대답했다.

"좋군. 아무튼 이곳에서 감시할 수 있는 자들은 그들이 전부인가?"

"만독문과 몇몇 작은 문파의 수장 거처도 감시 대상이지만, 중요한 인물들은 귀곡과 만독문입니다."

"좋아. 그럼 이제 다른 곳을 구경하지."

적월이 적사에게 말했다.

말투로만 보면 적월은 밀도를 살피는 일에 큰 관심이 없어 보이기도 했다.

그러나 사실 적월에게 이 밀도들은 무척 중요한 의미를 지니고 있었다. 최악의 경우 그가 마맹을 몰락시킬 수 있는 길이기 때문이었다.

"모시겠습니다."

적월의 속내를 모르는 적사가 들어온 길을 앞서 나가기 시작했다.

상천곡 내 다섯 계곡으로 이어진 밀전의 밀도를 돌아보는 일은 그리 간단치 않았다.

거리만 따져도 십여 리가 넘는 방대한 밀도였다.

마맹의 본거지를 이곳에 만들기 전 혼마 창이 은밀히 만들어놓지 않았다면 존재가 불가능한 밀도였다.

다섯 개의 계곡으로 이어진 밀도에는 각기 북일로, 동이로, 남삼로, 서사로, 그리고 천오로라는 이름이 붙어 있었다.

북일로는 구중천을 감시하고, 동이로는 귀곡과 만독문, 남삼로는 자운산장과 최근 들어 마맹을 찾아온 탈혼문의 살수들을, 그리고 서사로는 군림성과 놀랍게도 남궁세가의 추격을 받고 있는 음양교의 거처로 이어졌다.

그리고 천오로는 다른 네 개의 계곡과 달리 상천곡에서 제법 멀리 떨어진 북동쪽 작은 계곡이었는데, 그곳에는 중원에서 완전히 자취를 감췄다고 알려진 빙궁의 고수들이 기거하고 있었다.

"빙궁이라… 왔다는 소식을 듣지 못했는데?"

음양교 무리들까지 마맹에 들었다는 말은 혼마 창에게 이미 들어 알고 있었다.

그러나 혼마 창이 상천곡을 떠나기 전까지 천오로와 연결된 곳에는 작은 마문들이 모여 있을 뿐 빙궁의 인물들은 존재하지 않았었다.

"이십여 일 전에 마맹에 도착했습니다."

적사가 대답했다.

"음… 사부의 초대에 응할 거라고는 생각지 못했는데."

적월이 고개를 갸웃했다.

혼마 창은 마맹의 마도들을 백마산 상천곡으로 모으면서 북쪽 설국에 존재한다는 빙궁에도 사람을 보냈다.

빙궁은 칠마의 난 이후 완전히 무림을 떠나 중원에는 단 한 명의 빙궁도도 남아 있지 않았다.

그들은 마치 칠마의 난 당시 자신들이 마도의 한 축이었다는 사실조차 세상 사람들의 기억에서 지워 버리려는 것처럼 강호에 나오지 않았다.

북방의 설원 어딘가에 존재한다는 빙궁을 찾는 것 역시 혼마 창이 아니면 불가능한 일이었다.

아무튼 마맹을 결성한 후 혼마 창은 빙궁으로 마영을 보냈다.

마맹의 창립을 알린 후 빙궁의 강호행을 요구하기 위해서였다.

물론 혼마 창 역시 빙궁이 오랜 봉문을 풀고 다시 강호로 나올 거란 기대는 하지 않았다. 단지 마도의 구심이 자신이라는 걸 빙궁에 알려주기 위한 목적이 전부였다.

그래서 적월에게 마맹의 세력에 대해 설명할 때 빙궁은 논외로 쳐야 한다고 말했던 혼마 창이었다.

사실 칠마의 난 당시에도 빙궁의 전대궁주 설화 희원이 칠마의 일인으로 꼽히기는 했으나, 직접 강호에 출도한 것은 손가락에 꼽힐 정도로 활동이 미미했다.

그런데 그 빙궁이 혼마 창의 예상과 달리 상천곡에 온 것이다.

"누가 왔지?"

적월이 물었다.

"빙궁의 궁주가 직접 왔습니다."

"궁주가?"

적월이 다시 놀랐다.

"절대마룡께서 말씀하지 않으신 모양이군요."

적사는 빙궁 궁주의 방문을 막초가 말하지 않은 것이 이상하게 생각되는 모양이었다.

"후후, 그런 말을 나눌 시간이 없었지. 싸우기도 벅찼으니까."

적월의 말에 적사가 고개를 끄떡였다.

적월과 막초가 누군가. 마도의 숨은 제왕 혼마 창의 두 제자다.

그런 두 사람이 신마령을 두고 싸웠다면 모든 정력을 다했어야 했을 것이다.

"그녀를 보았나?"

적월이 다시 물었다.

"빙궁의 궁주 말인지요?"

"음."

적월이 고개를 끄떡였다.

"보았습니다."

"어떤 인물이던가?"

"글쎄요……."

적사가 말꼬리를 흐렸다.

정말 대답하기 곤란한 모양이었다.

"파악하기 어려운 사람인가 보군."

"그런 것이 아니오라 아예 자신을 파악할 기회를 주지 않았습니다. 이곳에 도착하자마자 천오로에 위치한 빙궁의 거처로 들어가 밖으로 나오지 않았으니까요. 밀도의 통음관을 통해 빙궁고수들과의 대화를 들어보려고도 했는데 거의 말을 하지 않더군요. 다만……."

"뭔가?"

"생각보다 나이가 어린 것 같습니다."

"그래? 이름이 초설로라고 했나?"

"그렇습니다. 이름 말고는 아무것도 알려지지 않은 사람이지요. 그래서 빙궁주의 징표인 설검을 가지고 오지 않았다면 그녀자신을 증명하기도 쉽지 않았을 겁니다."

적사가 빙궁의 궁주 초설로의 첫 등장에서 받은 인상을 자세히 설명했다.

"그렇군. 그런데 나이가 얼마나 되어 보이던가?"

"많아도 마흔을 넘지 않은 듯합니다."

"그래? 그럼 정말 놀라운 일이군. 칠마의 난이 끝난 당시로 역산하면 십 대에 빙궁의 궁주가 되었다는 말인데……."

적월이 고개를 갸웃했다.

아무리 정사대전에서 패전했다고 해도 대빙궁이다.

칠마의 난 이전에는 정사 중간의 문파로 존재했던 빙궁, 그 전통은 소림과 무당에 버금가는 문파였다.

그런 빙궁의 궁주로 스물이 안 된 여인이 지목된 것은 쉽게 이해할 수 없는 일이다.

"혹은 빙궁의 무공으로 인해 그리 보이는 것일 수도 있습니다."

절대의 신공은 사람을 본래의 나이보다 젊게 보이게 한다.

"그럴 수도 있지. 아무튼 봐나 봐야겠군. 빙궁은… 구중천보다도 어려운 곳이니까."

적월의 말에 적사가 고개를 끄떡였다.

적월의 말이 틀리지 않다는 것을 그녀도 알고 있었다.

구중천은 세력은 커도 혼마 창의 완전한 통제를 받는 마문이다.

하지만 빙궁은 마도에서 한 발 정도는 벗어나 있는 가문이었다. 그런 만큼 혼마 창의 통제에서도 벗어나 있었다.

"밀전으로 가시겠습니까?"

"그러지. 피곤하군."

"모시겠습니다."

적사가 대답을 하고는 밀전으로 가는 밀도로 다가섰다.

적월이 그녀의 뒤를 따라 밀전을 향해 걸음을 옮겼다.

*   *   *

아침의 상천곡은 조금 다른 느낌을 주었다.

한밤중에도, 대낮에도 항상 운무의 강이 흐르는 상천곡이지만, 아침은 아침이어서인지 허공에 강처럼 흐르는 짙은 안개 사이로도 햇빛이 눈부시게 내려앉았다.

적월은 절벽 중턱의 오두막에서 마맹에서의 첫 아침을 맞고 있었다.

생각보다 편한 밤이었다.

생각해 보면 믿을 수 있는 사람이라고는 환동밖에 없는 마맹이었다. 다섯 갈래의 계곡에는 일천이 넘는 마두들이 가득 들어차 있었다.

그럼에도 적월은 아무런 두려움 없이 편하게 잠자리에 들었다.

그로서는 적어도 지금은 자신이 정말 혼마 창의 후계자이고, 마영들의 주인이라고 생각하고 있었다.

마영들의 주인이 마전에서의 잠자리가 불편할 이유가 없었다.

무영오마는 그런 면에서 적월에게 꼭 필요한 존재들이었다.

비록 모든 마영들이 혼마 창의 분신인 신마령에 완벽한 복종을 맹세한다 해도 각기 맡은 임무가 다르고 활동하는 지역이 달랐다.

그래서 혼마 창이라면 모를까, 그 제자인 적월에게 완벽한 충성을 기대할 수는 없었다.

하지만 그 와중에 무영오마는 믿을 수 있었다.

그들의 마음에 적월에 대한 맹목적인 충성심이 있는 것은 아니었다.

다만 그들은 적월이 절대마룡 막초를 꺾는 그 순간, 그들의 눈으로 적월의 능력을 확인하는 순간부터 그들의 운명을 적월에게 맡기기로 결심했다.

마영들, 오래전부터 혼마 창이 마도를 조종하기 위해 길러온 이 특별한 마인들은 혼마 창에게는 고양이 앞의 쥐처럼 본능적인 두려움을 가지고 복종해 왔다.

그러나 상대가 혼마 창이 아니라면 마도의 그 누구보다 무서운 마인들이었다.

그런 그들을 복종시키려면 그들에게 충분한 대가를 주어야 한다. 아니, 대가를 줄 수 있다는 믿음을 주어야 했다.

그리고 무영오마가 본 적월은 자신들의 야망을 실현시켜 줄 충분한 힘과 자격을 가지고 있었다.

혼마 창의 정식 후계자이자 절대마룡 막초를 꺾은 전율적인 무공. 무엇이 더 필요하겠는가.

언젠가 적월이 마도를 넘어 무림의 제왕이 된다면, 그때 자신들에게 돌아올 명예와 권력은 짐작할 수 없을 만큼 클 것이다.

그 미래를 보았기에 무영오마는 적월의 가장 충실한 추종자가 되기로 결심한 것이다.

"무영마 님!"

오두막의 창을 열고 운무를 뚫고 들어오는 아침의 태양 빛, 그리고 그 빛 아래 웅크리고 있는 마맹의 건물들을 보고 있던 적월 뒤로 무영오마의 우두머리 천이 다가왔다.

"무슨 일이지?"

"연락이 되었습니다."

"그래? 만나겠다고 하던가?"

"예."

"음······."

적월이 고개를 끄떡였다.

지난밤 적월은 한 사람에 대해 직접 알아보기로 결심했다.

빙궁의 궁주 빙검 초설로, 마맹의 모든 인물 중 유일하게 혼마 창의 머릿속에 없는 인물이다.

혼마 창이 십이천문에 사로잡힌 후 상천곡에 들어온 사람이기 때문이었다.

일어날 수 있는 모든 변수에 대비하는 것, 그것이 적월이 마맹에서 목적한 바를 이루고 살아남을 수 있는 방법이다.

그러므로 빙궁의 궁주에 대해서도 알아둘 필요가 있었다. 그리고 그녀를 알 수 있는 가장 좋은 방법은 직접 만나 보는 것이었다.

"언제지?"

"정오에 차 한잔하는 것으로······."

"차라··· 어떻던가?"

적월이 물었다.

그의 심부름으로 빙궁의 궁주를 만나고 온 천이었다.

"제가 감히 판단할 수 없는 사람이었습니다."

천이 솔직하게 대답했다.

그러자 적월의 눈빛이 빛났다. 그가 아는 마영 천은 십육마문의 후예들조차 안중에 두지 않는 인물이다.

그런 그가 감히 판단할 수 없다고 말하는 사람이라면 결코 평범할 수 없었다.

"어떤 면에서?"

"무공이 없는 듯 보이면서도 한편으로는 등봉조극의 경지에 오른 것이 아닌가 하는 의구심이 들었습니다."

"진기를 안으로 갈무리하는 경지라는 말이군."

"그렇습니다. 하지만 그러기에는 나이가……."

"나보다는 많잖아?"

"물론 그렇지만, 무영마 님은 특별한 분이니까요."

"하하하, 기분 나쁘지 않군. 하지만 세상에 특별한 사람은 없어. 특별한 상황을 경험한 사람이 있을 뿐이지. 그녀도 그런 특별한 상황을 극복한 경우일 수도 있지."

"……."

적월의 말에 마영 천이 대꾸를 하지 않았다.

그는 그래도 적월, 이제는 자신의 운명을 걸게 된 그가 세상에서 가장 특별한 인물이기를 바라는 모양이었다.

"일단 만나 보면 알겠지."

"준비하겠습니다."

마영 천이 대답을 하고는 적월에게서 물러갔다.

그러자 적월이 다시 상천곡으로 시선을 돌렸다.

입구로부터 시작된 계곡이 그 중심에 이르러 다시 다섯 갈래로 갈라지는 모습이 마치 연꽃과 같다.

천하의 마두들이 모여 있는 곳이 아니라면 아름다운 풍경이었다.

"모두 몰아내고 꽃과 나무를 심으면 좋은 땅이야."

적월이 중얼거렸다.

사람이 기후를 바꿀 수 있을까?

물론 불가능한 일이다.

그러나 그 공간을 좁히면 적어도 작은 공간의 기온을 바꿀 수 있는 사람들이 존재한다.

강렬한 양공을 수련한 자이거나, 혹은 한기가 충만한 음공을 극에 이르게 수련한 자들은 작은 공간의 기온을 바꿀 수 있었다.

그런 면에서 빙궁의 궁주, 빙검 초설로는 음공을 극에 이르게 수련한 인물이 분명했다.

문밖으로 흘러나오는 한기, 물론 적월이 방문했음을 알고 일부러 진기를 끌어 올린 것이 분명하지만, 그래도 이런 한기를 문밖까지 흘려낼 수 있다는 것은 그녀의 음공이 극에 달했다는 의미였다.

'천이 말한 두 가지 경우 중 등봉조극 쪽이겠군.'

적월이 보지도 않은 빙궁의 궁주에 대해 나름대로 판단하며 단단한 석재로 지어진 건물 앞에서 걸음을 멈췄다.

그러자 그 앞에 서 있던 백색 무복을 입은 사내 한 명이 적월 앞으로 다가왔다.

"무영마십니까?"

적월이 상천곡에 들어온 지 하루가 되지 않았다.

그리고 그의 행보는 마영들 이외에는 누구도 알지 못했다.

그래서 당연히 상천곡의 마인들은 혼마 창의 이제자 무영마가 마맹에 들어온 것도 알지 못했다.

그럼에도 빙궁의 고수가 적월의 신분을 알고 있는 것은 적월이 마영 천을 통해 스스로 자신의 신분을 미리 빙궁에 알렸기 때문이었다.

그건 그가 빙궁을 그만큼 존중한다는 뜻을 빙궁 궁주에게 전한 것과 마찬가지였다.

적이 아니면 친구. 마도에서, 아니, 무림에선 이 철칙이 언제나 지켜진다. 그런 의미에서 굳이 과거의 은원이 없는 빙궁 궁주를 처음부터 적으로 만들 이유는 없었다.

'물론 그녀에게 다른 생각이 있다면 위험한 선택이겠지만.'

적이라고 가정하면 자신의 정체를 먼저 드러내는 것은 위험한 일이다.

그러나 그 정도 위험쯤은 감수할 수 있는 적월이다. 적어도 빙궁은 그럴 만한 가치가 있는 문파였다.

칠마, 십육마문 중 그나마 이성적인 행보를 하는 곳이 빙궁이기 때문이었다.

"빙궁주께서는 안에 계시오?"

마영 천이 백색 무복 사내에게 물었다.

"기다리고 계시오."

빙궁의 고수가 대답했다.

"그럼 무영마께서 오셨다고 전해주시오."

다시 마영 천이 말했다.

"그냥 들어가시면 됩니다. 이미 알고 계시니."

빙궁의 고수가 미소를 지으며 말했다.

예의를 갖춘 미소이지만, 빙궁의 궁주가 보고 듣지 않아도 누군가의 방문을 알아차릴 능력이 된다는 의미의 미소기도 했다.

"들어가지."

적월도 망설이지 않았다.

"모시겠습니다."

빙궁의 고수가 정중하게 고개를 숙여 보이고는 천오로 깊숙한 곳에 지어진, 빙궁도들이 거처하는 건물의 문을 열었다.

사람의 운명이란 언제나 한순간에 결정된다.

특히 남녀의 운명은 더더욱 그러하다.

첫인상, 그 첫인상으로 인연을 맺는 남녀가 얼마나 많던가. 물론 그런 식의 인연은 후회를 동반하는 경우가 더 많지만.

하지만 사람들은 그 사실을 알고 있음에도 첫인상의 느낌에서 결코 자유롭지 않다.

'후우!'

적월이 길게 숨을 내쉬었다.

한편으로는 갑자기 후회가 됐다. 괜히 빙궁의 궁주를 만나자고 했나 싶었다.

그만큼 적월은 빙궁의 궁주를 만나는 순간 자신의 심장을 통제하기 어려웠다.

절대의 미인, 경국의 아름다움. 그런 말로 회자되는 미인들은 사람의 역사에 여럿 존재한다.

물론 강호무림의 역사에도 천하제일미니, 고금제일미니 하는 말들로 그 아름다움을 칭송받는 여인들이 늘 있었다.

그러나 단언컨대 이 여인은 달랐다.

세상에서 말하는 아름다움의 기준으로 본다면 이 여인보다 아름다운 여인을 어렵지 않게 찾을 수도 있을 것이다.

하지만 그녀는 그런 세상의 기준을 뛰어넘는 무엇인가를 가지고 있었다.

마치 단 한 번도 누군가의 손이 닿지 않은 꽃이나 나무 같은 고결한 신비로움, 무심하지만 한 번 마주치면 벗어나기 어려운 눈빛, 그리고 실체를 알 수 없는 후광까지.

빙궁주 초설로는 그런 신비로움을 가진 여인이었다.

아니, 어쩌면 다른 사람들은 적월이 받은 것만큼의 강렬한 인상을 느끼지는 못할 수도 있었다.

사람마다 자신의 영혼을 흔드는 존재가 달리 있는 법이기 때문이다.

그래서 빙궁주 초설로에게서 받은 이 강렬한 인상은 어쩌면 적월 혼자만의 느낌일 수도 있었다.

하지만 어쨌든 적월은 그의 인생에서 가장 강렬한 순간을 버텨내고 있었다.

그래서 그는 빙궁주 초설로를 만나자고 한 오늘의 제안을 한 순간 후회했다.

그녀를 만남으로써, 그녀의 이 특별한 느낌에 취해 그가 마맹에서 하고자 하는 일이 방해받을 수도 있다는 생각이 퍼뜩 들었기 때문이었다.

하지만 그런 생각이 나쁜 것은 아니었다.

그런 생각을 하는 순간 그는 스스로 경계했고, 그 경계심 덕분에 끝없이 빠져들 것 같던 초설로에 대한 자신의 감정을 통제할 수 있었기 때문이다.

"어서 오세요."

적월이 초설로에게서 받은 충격에서 벗어날 때쯤 그녀의 목소리가 들려왔다.

적월을 뒤흔들었던 그녀의 신비로움과 어울리지 않는 차갑고 건조한 음성이다.

모든 감정이 사라져 버린 듯한 음성이 왠지 적월을 서운하게 만들었다. 마치 당연히 그녀가 자신에게 친밀한 말을 건넬 것이라고 기대하고 있었던 것 같은 서운함이다.

'미친놈!'

적월 스스로에게 자신에게 욕설을 해댔다.

물론 그의 표정에는 자신의 속마음이 전혀 드러나지 않았지만.

"시간을 내주시어 고맙소이다."

적월이 초설로만큼이나 무감정한 목소리로 말했다.

"혼마 님의 제자분이신데 당연히 시간을 내드려야죠."

초설로가 의례적인 인사치레의 말을 했다.

"빙궁에 사람을 보내기는 했지만 사부님께서는 정말 빙궁주께서 상천곡으로 오실 거란 기대는 하지 않으셨소이다."

적월이 솔직히 말했다.

"그건 저희가 상천곡에 온 것이 불편하다는 뜻인가요?"

"아, 그런 말은 아니오. 마맹이 만들어지고 무림맹과 일전을 결하려는 이때 빙궁의 출도는 천군만마를 얻은 것이라 할 수 있소."

적월이 고개를 저으며 말했다.

그러자 초설로가 잠시 적월을 바라보다 그들 앞에 놓인 의자를 가리켰다.

"일단 앉으시죠."

"그럽시다."

적월이 짧게 대답하고는 초설로가 권하는 대로 자리에 앉았다.

초설로는 적월이 자리에 앉자 자신도 적월의 맞은편에 앉은 후 시중을 드는 백의의 여인에게 말했다.

"차를 내 와요."

"예, 궁주님!"

백의의 여인이 대답을 한 후 빠르게 장내를 벗어났다.

'누가 마문의 주인이라 할 수 있겠는가?'

적월이 시중드는 여인에게까지 말을 함부로 하지 않는 빙궁주를 보며 그녀에게서 새삼 이질적인 느낌을 받았다.

그녀의 어디서도 마인이라 판단할 수 있는 근거가 없었다.

아니, 어쩌면 무인이라 판단할 수 있는 모습이 없는 것 같았다. 그녀의 전신에서 은은히 흘러나오는 한기가 아니라면 전혀 내공의 흔적이 느껴지지 않았다.

'후우……'

적월이 다시 속으로 호흡을 가다듬으며 마음을 진정시켰다.

그런 적월에게 초설로가 불쑥 물었다.

"혼마 님은 정말 무림맹과 정사대전을 할 생각이신가요?"

갑작스러운 초설로의 질문에 적월이 잠시 대답을 하지 않고 침묵을 지켰다. 그러고는 잠시 후 침착하게 입을 열었다.

"생각이 많으신 것 같소."

"전면전은 생각지 않으신다는 건가요?"

"마맹의 존재를 인정받을 수만 있다면 굳이 정사대전을 벌일 필요가 있을까 싶소이다만."

적월이 대답했다.

"그건 혼마 님의 생각인가요? 아니면 무영마 님의 생각인가요?"

"일단 나의 생각이오. 하지만 난 충분히 사부님을 설득할 수 있소. 물론……."

"……."

초설로가 대답 없이 적월의 다음 말을 기다렸다.

그러자 적월이 다시 입을 열었다.

"물론 사부께서는 한편으로 다시 한번 정사대전을 통해 무림맹과 승부를 결하고 싶으신 생각도 있는 것 같소만."

"…위험한 생각이군요."

초설로가 살짝 아미를 모으며 말했다.

아마도 그녀는 정사대전에 대해선 반대인 모양이었다.

"정사대전을 각오하고 마맹에 오신 것 아니오?"

적월이 물었다.

그러자 초설로가 적월이 전혀 생각지 못한 대답을 했다.

"아뇨. 사실 전 새로운 정사대전에는 관심이 없어요. 관여하고 싶지도 않고요. 다만… 제가 원하는 한 가지 물건이 있는데,

그걸 찾는 데 마맹의 도움이 필요해서 이곳에 온 것이지요. 물론… 그 대가로 혼마 님이 계획하신 무림맹과의 싸움에 빙궁의 힘을 내놓아야 한다면 그럴 생각이기는 하지만……."

제8장
기이한 청부, 극락화(極樂花)

팔자인가 싶었다.

이 와중에도 청부를 받아야 하는 건가 하는 생각에 실소가 나올 정도였다. 그러나 빙궁의 궁주 초설로 앞에서 그런 티를 낼 수는 없었다.

초설로는 마맹과 거래를 원하고 있었다.

마맹에서 자신이 원하는 것을 해줄 수 있다면, 자신도 마맹에 빙궁의 힘을 보태겠다는 제안이었다.

애초에 십이천문이 청부 일로 문파를 시작했다 보니 적월은 은연중에 청부업자의 마음을 가지고 있었던 모양이었다.

초설로의 제안이 마치 청부처럼 들리는 것을 보면.

'조금… 애매하군.'

적월이 내심 심각해졌다.

초설로가 마맹의 우두머리들이 모인 곳이 아니라, 자신과의 만남에서 이런 말을 한 것은 그녀가 원한 거래의 상대가 마맹 전체가 아니라 혼마 창 개인과의 거래라는 뜻으로도 해석할 수 있었다.

그건 곧 이 거래를 수락하면 적월 개인이 빙궁의 힘을 얻을 수 있다는 의미로도 해석할 수 있었다.

만약 제대로 거래가 되면 애초에 빙궁주를 만나서 얻으려 했던 것보다 더 큰 이득을 얻을 수도 있었다.

하지만 일단 모든 것을 확실히 할 필요가 있었다.

"그 제안… 마맹에 하는 것이오? 아니면 사부님께 하는 것이오?"

"다른가요?"

"아마도……."

"이상하군요. 혼마 님이 마맹의 맹주 자리를 내려놓으신단 뜻인가요?"

"그럴 것 같소."

적월이 덤덤하게 대답했다.

반면 빙궁주 초설로는 적월을 만난 이후 가장 큰 감정의 변화를 드러냈다.

그녀의 눈이 커지고, 그 눈으로 적월을 탐색하듯 바라봤다.

적월은 그런 초설로의 시선을 회피하지 않았다. 아니, 회피하고 싶지 않았다. 그녀의 눈을 통해 그녀의 마음을 들여다볼 수 있을 것 같았다.

하지만 적월은 눈을 통해 보고자 한 그녀의 마음이 다른 형태의 것임을 스스로도 깨닫지 못했다.

"그럼 누가 마맹의 맹주가 되죠?"

초설로의 질문에 적월이 잠꼬대하듯 대답했다.

"구중천의 천주가 마맹을 맡게 될 것이오."

이렇게 쉽게 대답하면 안 되는 일이다. 그러나 적월은 자신도 모르게 초설로의 질문에 순순히 대답했다.

물론 초설로가 혼마 창의 혼천안과 같은 사술을 쓴 것은 아니었다. 그럼에도 적월은 사술에 걸려든 사람처럼 순순히 그녀의 질문에 대답을 하고 있었다.

아니, 어쩌면 적월은 그의 인생을 전혀 다른 형태로 이끌어갈 운명의 사술에 자신도 모르게 걸려든 것일 수도 있었다.

그 와중에도 초설로의 질문은 계속되었다.

"이해할 수 없군요. 왜 갑자기 혼마께서 마맹의 맹주 자리를 구중천주에게 넘기시려는 거죠?"

"그건……."

적월이 자신도 모르게 혼마 창이 현재 십이천문에 사로잡혀 더 이상 무인으로 살아갈 수 없는 사람이 되었다고 대답하려다가 퍼뜩 정신을 차렸다.

'뭐 하는 짓이냐?'

적월이 자신의 실태를 깨닫고 스스로 놀라 자책했다.

'미친놈…….'

"무슨 이유인가요?"

적월이 대답을 하려다 말고 입을 다물자 초설로가 재차 물었다.

그러자 적월이 그녀의 눈에서 시선을 거두며 대답했다.

"본래 사부께선 사람들에게 당신의 모습을 드러내는 것을 원치 않으셨소. 이십 년 전 정사대전 때도 그러셨소. 사부께선 최선을 다해 십육마문을 도우셨지만 결코 권력을 원치는 않으셨소."

"이번에도 마찬가지란 뜻인가요?"

"그렇소. 지금까지야 흩어진 마도를 하나로 끌어모으기 위해 전면에 나섰지만 이렇게 마맹이 자리를 잡은 이상 앞에 나서지는 않으실 거요. 아마도 과거처럼 마맹의 든든한 조언자로 돌아가실 것이오."

적월이 대답하자 초설로가 의미를 알 수 없는 미소를 지었다.

"마차를 끄는 말은 마차의 주인이 아니지요. 그 말을 모는 사람이 마차의 주인이지."

"무슨 뜻이오?"

"제 말뜻을 아시잖아요?"

초설로가 되물었다.

'하긴 모를 사람이 없지.'

무림이고, 강호다.

힘이 모든 것을 지배하는 세상. 마도의 절대자인 혼마 창이 뒤로 물러난다 해도 결국 마맹이 그의 의도에 따라 움직일 거란 걸 모르는 사람은 없다.

하지만 그래도 분명히 할 것은 분명히 해야 한다.

"물론 사부께서 마맹의 맹주 자리를 내려놓으신다 해도 사부님의 위상이 흔들릴 일은 없을 것이오. 하지만 그래도 궁주의 제안이 누구에게 향해 있는지는 확실히 해두는 것이 좋겠소. 그 제안을 구중천주에게 할 수도 있는 것 아니오."

적월이 초설로를 만난 이후 가장 침착하게 말했다.

그러자 초설로가 고개를 끄떡였다.

"하긴 그렇군요. 흠… 무영마 님은 어떤가요?"

"……?"

뜻밖의 말을 하는 초설로를 적월이 대답 없이 바라봤다.

"이 제안을 무영마 님께 하겠다고요."

"나에게라… 왜 나요?"

"무영마 님께서 날 찾아왔으니까요."

"……."

다시 적월이 침묵을 지켰다.

그러자 초설로가 대답했다.

"혼마 님이 상천곡을 비운 동안 일제자이신 절대마룡께서 혼마 님을 대신했다고 하더군요. 지난번에 잠시 뵙기도 했지요. 하지만 그때는 이런 제안을 그분께 하지 않았어요. 당시 제가 판단하기로 그분은 스스로 마맹의 행보를 결정할 권한이 없어 보이더군요."

"후후, 사형께서 들으면 서운해하시겠소."

적월이 가볍게 웃음을 흘렸다.

"글쎄요. 그야 제 생각이니까요. 아무튼 전 제 생각이 틀렸다고 생각하지 않아요. 오늘 무영마께서 절 찾아온 게 그 증거죠."

"쉽게 말씀해 주시면 좋겠소."

적월이 말했다.

"좋아요. 쉽게 말하죠. 오늘 갑자기 무영마께서 절 찾아오신 이유는 이곳 마맹에서 혼마 님의 권한을 대신할 사람이 절대마룡 님이 아닌 무영마 님이란 뜻 아닌가요?"

초설로의 말에 적월이 속으로 다시 탄식을 흘렸다.

'무서운 여인이기도 하군.'

단지 절대마룡 막초가 아닌 자신이 찾아왔다는 것만으로도 빙궁주는 혼마 창의 제자들 사이에 권력 지형이 변했음을 읽어 낸 것이다.

"…부인 않겠소."

속일 일도 아니다. 결국 며칠 안에 모두가 알게 될 일이므로.

"그래서 이 제안을 무영마 님께 하는 겁니다."

"궁주의 일을 도와드리면 빙궁은 날 돕겠다?"

"그래요. 무영마 님이 혼마 님을 대신하시려면 여러 종류의 힘이 필요치 않을까요?"

권력의 생리를 정확히 알고 있는 여인이다.

단지 혼마 창의 제자라는 것만으로 마맹을 장악할 수 없다는 것을 지적한 것이다.

형식적으로가 아니라 진실로 마맹의 마두들을 손아귀에 넣고 싶다면 혼마 창의 제자라는 명분보다 적월 자신의 힘이 있어야 한다는 뜻이다.

그런 면에서 빙궁은 많을 것을 줄 수 있는 문파였다.

"좋소. 그럽시다."

적월이 갑자기 흔쾌하게 대답했다.

어떻게 보면 너무 급작스러운 면도 있었다. 지금까지는 빙궁주 초설로의 의도를 이리저리 살피고 있던 적월이었다.

그런데 갑자기 초설로의 제안을 받아들이겠다고 하자 초설로가 적월을 물끄러미 바라봤다.

"문제 있소?"

적월이 자신을 바라보는 초설로에게 물었다.

"아니에요."

초설로가 고개를 저었다.

"찾고자 하는 것이 무엇이오?"

적월이 대화를 빠르게 진행시켰다. 일단 빙궁과 거래를 하기로 한 이상 망설일 것이 없다는 태도였다.

반면 초설로는 처음보다 신중해졌다.

그녀는 갑작스러운 적월의 변화가 아직은 미덥지 않은 듯했다.

"먼저 무영마 님께서 원하는 것이 뭔지 알 수 있을까요?"

"별것 없소. 난 구중천주를 마맹의 맹주로 세울 것이오. 그리고 사부님을 대신해서 그를 통해 마맹을 움직일 생각이오."

"…그 말은 무영마께서 구중천주의 뒤에서 마맹의 실질적인 주인이 되겠다는 뜻이군요?"

"내가 원하는 것을 어떻게 받아들일지는 사람마다 생각이 다를 테지만 궁주의 생각도 부인하지 않겠소."

적월이 거침없이 대답했다.

자신의 행보에 대해 자신감에 차 있는 모습이다.

"정파와는… 어떻게 할 생각인가요?"

"앞서 말했지만 그건 사부님의 생각에 달렸소. 혹은 무림맹이 어떻게 나오는가에 따라 달라질 일이기도 하고. 사실 난 드잡이 싸움은 싫어하지만 말이오."

"역시 상황이 되면 정사대전도 마다치는 않겠다는 생각이시군요."

"어쩔 수 없다면 그렇소."

역시 시원한 적월의 대답했다.

"후우… 과거와 같은 일이 반복될 수도 있어요."

"그렇다고 꼬리를 말고 다시 서역으로 퇴각할 수는 없지 않소?"

"그러나 정면 대결은……."

빙궁의 궁주 초설로는 비록 적월과 거래를 하기로 했지만, 무림맹과의 정면 대결은 부담스러운 모양이었다.

"물론 정사대전이 벌어져도 대낮에 허허벌판에서 모든 세력을 모아 승패를 가르는 멍청한 짓은 하지 않을 것이오."

적월이 가볍게 미소를 지었다.

적어도 무림맹과 비교해 마맹의 전력 열세는 인정하는 모습이다.

"알겠어요. 혼마 님이라면, 그리고 그 제자분이시라면 가장 효율적인 전략을 선택하시겠지요. 또 어떤 싸움이라도 위험하기는 마찬가지고. 나 또한 원하는 것을 얻으려면 위험은 감수해야지요."

초설로가 결심을 한 듯 고개를 끄떡였다.

"뭘 찾고 있소?"

적월이 다시 물었다.

"극락화를 찾아요."

이번에는 초설로가 망설이지 않고 대답했다.

"극락화?"

"들어보셨나요?"

"금시초문이오."

적월이 고개를 갸웃했다.

정말 처음 듣는 물건의 이름이었다. 어찌 보면 약초의 이름 같기도 하고, 또 어찌 보면 귀한 보석의 이름 같기도 했다.

"세상에 흔히 알려진 물건은 아니지요."

"뭐에 쓰는 물건이오? 혹, 불가(佛家)의 보물이오?"

이름만 들어서는 불가의 보물일 가능성이 가장 크다.

그러자 초설로는 고개를 저었다.

"아니에요. 약초의 이름이에요."

"약초(藥草)?"

적월이 되물었다.

"그래요. 약초의 이름이죠. 아는 사람만 알고 있는……."

"대체 어떤 약초요?"

"삼(蔘)의 일종이란 말이 있지만 삼하고는 다른 약초예요. 정령이 깃든 명산에서만 찾을 수 있다고 전해지죠. 세상에 그 이름이 알려지지 않은 것은 극락화라는 약초가 있다는 것 자체를 아는 사람이 거의 없기 때문이에요."

"음… 그 말은 마맹의 마도들을 천하의 명산으로 보내 극락화를 찾아야 한다는 뜻이오?"

적월이 난감한 표정을 지으며 말했다.

빙궁 한 곳을 위해 마맹의 마도들을 천하 각지의 명산으로 보낼 수는 없다.

무림맹과의 싸움이 목전이다. 이 상황에서는 절대 선택할 수 없는 일이었다.

하지만 적월의 걱정을 초설로가 덜어주었다.

"그럴 필요는 없어요."

"극락화를 찾을 수 있는 다른 방법이 있다는 것이오?"

"무림에서 한 사람을 찾으면 돼요."

초설로가 말했다.

"극락화를 가지고 있는 사람이 있다는 뜻이오?"

"정확하게는 극락화가 있는 곳을 아는 사람이지요."

"대체 그자가 누구요?"

적월이 물었다.

그녀와의 거래 때문만이 아니라도 호기심이 생기는 인물이다.

"사반수라는 사람이에요."

"사반수……? 역시 모르는 이름이구려."

적월의 대답에 오히려 초설로가 놀란 표정을 지었다.

"사반수를 모른다고요?"

"그를… 알아야 하오?"

적월이 되물었다.

속으로 순간 당황한 적월이다. 혹시라도 그자가 마도의 중요한 인물이라 반드시 알아야 하는 인물인가 싶었다.

그를 모른다는 것이 자신의 정체를 의심받을 이유가 될 수도 있기 때문이었다.

"꼭 그런 것은 아니지만……."

"난 얼마 전까지 세상과 동떨어진 곳에서 수련에 매진하고 있었소. 사부의 제자가 된 것이 십 대 후반인데, 이후 줄곧 고립된 생활을 해서 사부께서 말씀해 주지 않은 마도의 고수들은 알 수가 없소."

적월이 변명 아닌 변명을 늘어놓았다.

"그럴 수도 있겠군요."

초설로는 별 의심 없이 적월의 말을 믿었다.

"대체 그자가 어떤 자요?"

"사반수… 일단 그는 마도의 인물은 아니에요."

"그런데 왜 내가 그를 알고 있을 거라 생각한 것이오?"

"마도의 인물은 아니지만 마도와 깊은 연관이 있는 인물이니까요. 그는 홍림 출신의 의원이에요. 홍림괴의라는 별호로 불렸죠. 홍림은 세상에 널리 알려진 곳은 아니지만, 천하의 괴의(怪醫)들이 모여 있던 곳이에요. 칠마의 난이 일어나던 시기에 멸망했고요."

"음… 그들이 왜 마도와 연관이 있다는 것이오?"

"그들을 멸망시킨 게 칠마였으니까요."

"음……."

적월이 나직하게 침음성을 흘렸다.

만약 그렇다면 그 후예인 홍림괴의 사반수를 찾아도 그가 극락화의 위치를 알려줄 가능성은 없었다.

자신의 의가를 몰락시킨 자의 후손을 위해 극락화를 찾아줄 의원이 누가 있겠는가.

적월이 사반수에 대해 부정적인 생각을 하는 사이에도 초설로는 사반수에 대한 설명을 계속 이어나갔다.

"홍림은 환자를 치료하는 의가가 아니었어요. 괴상한 의술들을 지닌 자들이 모여 서로의 의술을 겨루고, 또 새로운 의술을 창안하는 그런 의가였지요. 의술을 사람의 병을 고치는 것이 아닌 자신들의 즐거운 놀이로 생각하던 곳이었지요."

"그런데 왜 칠마가 그들을 멸망시킨 거요?"

적월이 물었다.

"정말 혼마께서는 홍림에 대해선 전혀 말씀하지 않으셨군요."

초설로는 새삼스럽게 물었다.

"뭐, 멸문했다니 멸문한 의가에 대해 말해줄 이유가 없다 생각하셨던 모양이오."

"그럴 수도 있지만… 아무튼 홍림은……."

초설로에 의해 전해 들은 괴의들의 집단, 홍림의 멸망은 적월의 심장을 흔들었다. 그들의 멸망이 십이지방의 멸망과 크게 다르지 않다는 생각이 들었기 때문이다.

홍림은 초설로가 말한 대로 환자의 병을 고치는 데는 관심이 없고, 자신들의 의술을 수련하고 그 의술을 겨루는 것을 평생의 업으로 삼은 괴의들의 집단이었다.

그런 만큼 그들의 의술은 뛰어났다.

혹자는 홍림이란 곳이 수십 명의 비정한 화타가 모여 사는 곳이라고 했을 정도였다.

그런 홍림이 칠마의 공격을 받게 된 이유는 그들이 칠마의 요구를 거절했기 때문이었다.

칠마가 홍림에 원한 것은 십인의 무혼마군. 무혼마군은 강호의 전설로 전해지는 영혼 없는 살마들을 일컫는 말이다.

그렇다고 죽은 자의 몸을 사용하는 강시술과 같은 사술은 아니었다.

무혼마군은 절대무공의 경지에 오른 자의 정신을 제압해 혼이 없는 살인귀로 만드는 사술이었다.

죽음을 두려워하지 않고, 아무런 의심 없이 주인의 말에 충성을 다하는 절대마공의 마인들을 만들어 정파 주요 고수들을 암살하는 데 사용하려던 것이 칠마의 계획이었다.

물론 사람의 정신을 제압하는 사술은 굳이 홍림의 의원들이 아니더라도 가능했다. 더군다나 마도에도 섭혼술에 능한 자들이 여럿 있었다.

하지만 칠마가 원하는 무혼마군은 섭혼의 술만으로는 만들어질 수 없었다.

섭혼의 술은 어떤 계기로 인해 풀릴 수도 있고, 또한 절대무공을 지닌 자가 섭혼의 술에 당하면 그 무공의 세기가 둔탁해지기에 살수로서의 날카로움을 가질 수 없었다.

반면 홍림의 의원들에 의해 만들어지는 무혼마군은 그런 제약을 벗어난 그야말로 완벽한 살인마들이었다.

그런 칠마의 부탁을 홍림이 거부했다.

그리고 홍림은 철저하게 그 대가를 치렀다.

홍림이 칠마에게 멸망당할 것이란 기를 느낀 그들은 최후의 순간 무림맹에 도움을 청했지만, 무림맹 역시 홍림의 멸망을 지켜볼 뿐 어떤 도움도 주지 않았다.

이유는 간단했다.

무림맹에게도 무혼마군 같은 기괴한 살마들을 만들어낼 수 있는 홍림의 괴의술들이 부담되기 때문이었다.

또한 평소에 죽어가는 환자를 돌보지 않는 홍림 의원들의 행태 또한 정파를 자처하는 무림맹이 그들을 돕기를 꺼린 이유기도 했다.

그렇게 홍림은 멸망했다.

"죽은 의원의 수가 구십이 넘었다고 하더군요. 일백여 명의 괴의들이 홍림에 머물렀으니 살아남은 자는 일 할이 되지 않지요. 그 살아남은 자들도 당시 홍림을 벗어나 있었기에 살 수 있었지요."

초설로가 과거 한 기이한 의원들의 모인 의가가 몰락한 이유를 자세히 설명했다.

그 설명을 들으면 들을수록 적월은 홍림의 운명이 남의 일 같지 않았다.

십이지방 역시 그와 비슷한 이유로 멸망했기 때문이었다.

그러자 부쩍 홍림의 생존자들에게 대한 호기심이 생겼다.

"그런데 그 사반수란 의원이 극락화가 있는 곳을 알고 있다는 건 어찌 알았소?"

"사실대로 말하자면 빙궁은 지난 여러 해 동안 극락화를 찾아왔어요. 그러다 우연히 홍림괴의 사반수가 극락화를 언급한 적이 있다는 사실을 알게 되었지요."

"음… 그럼 확실한 것은 아니구려."

"그럴 수도 있지만 전해 들은 말로는 그는 분명 극락화의 위치를 알고 있어요."

초설로가 확신하듯 말했다.

그러자 적월이 새삼스럽게 물었다.

"대체 그 극락화라는 약초는 왜 필요한 것이오?"

적월의 질문에 초설로가 쉽게 입을 열지 못했다.

그녀의 얼굴에 곤혹스러운 표정이 떠올랐다. 극락화가 필요한 이유를 정말 말하고 싶지 않은 듯 보였다.

그러나 적월은 그녀의 대답을 반드시 들을 생각이었다.

이런 거래는 신뢰가 생명, 극락화가 필요한 이유가 빙궁주조차 쉽게 말하지 못할 정도로 중요한 것이라면 더더욱 그 이유를 들어야 한다. 그래야 초설로를 믿을 수 있을 것 같았다.

적월이 침묵으로 대답을 강요하자 초설로가 결국 길게 한숨을 쉬며 입을 열었다.

"후우… 어쩔 수 없죠. 무영마께서는 아마도 제가 대답을 해야 저와의 거래를 수락하실 것 같으니까요."

"거래는 신뢰가 생명 아니겠소?"

"마치 장사치처럼 말씀하시는군요?"

"장사치나 무림인이나 별다를 바 없는 사람 아니오."

적월의 대답에 초설로의 눈빛이 살짝 변했다.

그녀가 잠시 적월을 바라봤다.

"무슨 문제가 있소?"

그녀의 얼굴, 그녀의 눈을 보면 여전히 흔들리는 마음을 진정시키며 적월이 물었다.

"아니에요. 다만 내가 알기로 혼마 님은 당신에 대한 자존감이 엄청난 분으로 알고 있는데, 제자분이신 무영마 님은 좀 다르군요."

"나도 자존감은 있소. 다만 나 이외의 다른 사람을 비하하지 않을 뿐이지."

적월의 대답에 초설로가 속내를 알 수 없는 표정으로 고개를 끄떡였다.

"이제 말해주시겠소?"

적월이 다시 물었다.

정말 왜 극락화가 필요한 것인가 들어야 할 시간이다.

"제 사부님 때문이에요."

"사부님이라면… 설마 설화……?"

초설로의 사부가 누가 있겠는가? 그녀의 사부는 바로 칠마 중한 명이었던 설화 희원을 가리킨다.

전대 빙궁주, 그런데 극락화라는 영약이 그녀 때문이라면 지금 초설로는 가사 상태에 있다는 설화 희원을 깨울 방법을 찾아냈다는 의미였다.

"맞아요."

마치 적월의 머릿속에서 떠오르는 모든 생각들을 읽은 듯 초설로가 고개를 끄떡였다.

"정말 전대 빙궁주께서 회생하실 수 있소?"

"십수 년간 은밀히 천하의 명의들을 모두 초빙했어요."

"그들의 결론이 극락화였소?"

"그래요. 모두가 불가능하다고, 사부께선 이미 죽은 사람이라

고 말했지만 몇몇 특별한 의원들은 극락화라는 듣도 보도 못한
약초를 입에 올렸지요."

"확실한 것은 아니구려."

"글쎄요. 세상에 확실한 것이 얼마나 있을까요?"

초설로가 되물었다.

"하긴… 알겠소. 이 거래 승낙하리다."

적월이 더 이상 묻지 않고 거래를 승낙했다.

"한 가지 부탁이 더 있어요."

"말씀해 보시오."

적월이 고개를 끄떡였다.

"극락화를 찾는 일… 비밀리에 해주세요."

"뭐, 딱히 소문을 낼 일은 아닌 것 같소. 하지만 사람을 움직
이려면……"

"아뇨. 세상에 소문이 나면 안 되는 일입니다."

초설로가 단호하게 말했다.

그러자 적월이 의아한 표정으로 물었다.

"극락화만 찾으면 되는 것 아니오? 그러자면 약간의 소문을
내는 것도 한 방법일 텐데?"

"제게… 빙궁에 사정이 있습니다."

"무슨……?"

"그것까지는……"

이번만은 정말 말할 수 없다는 듯 초설로가 고개를 저었다.

사실 빙궁 내부의 일까지 알기를 고집할 수도 없는 적월이었
다.

"알겠소. 대신 그럼 시간이 더 걸릴 것이오. 또한……."

"실패할 수도 있겠지요."

초설로가 각오하고 있다는 듯 말했다.

"이 거래는 서로의 시간을 맞출 수 없는 거래란 것을 이해해야 하오."

당장 초설로는 내일부터라도 적월이 원하는 대로 힘을 보태야 한다는 뜻이다.

반면에 적월이 홍림괴의 사반수를 찾는 것은 적지 않은 시간이 필요할 터였다.

그러니 서로 원하는 것을 취하는 시간이 맞지 않는 거래인 것이다.

초설로의 입장에선 손해 보는 거래라고 할 수 있었다.

"물론 알고 있어요. 그 부분은 역시 무영마 님에 대한 신뢰로 감수해야겠죠."

초설로가 담담하게 대답했다.

"오늘 처음 보는 나를 신뢰할 수 있소?"

적월이 물었다.

처음 보는 순간 그녀에게 크게 마음이 흔들린 적월조차 거래의 상대로서는 초설로를 완전히 신뢰하지 못했다.

"신뢰해야죠."

한다와 해야죠의 차이는 크다. 그만큼 초설로에게 극락화가 절실히 필요하단 의미였다.

'이렇게 절실하게 극락화가 필요하단 것은 반드시 설화 희원을 깨워야 하는 상황이란 뜻이겠지. 뭘까? 뭐가 빙궁에 위기를 가져

온 것일까. 이십 년 동안 가사 상태에 있던 설화 희원이 반드시 깨어나야 할 만큼.'

적월은 빙궁에서 심상찮은 일들이 일어나고 있다는 것을 짐작할 수 있었다.

그러나 역시 빙궁 내부의 일, 적월이 빙궁의 상황을 다시 캐물을 수는 없었다.

"알겠소. 그렇다면 나도 궁주를 신뢰하겠소."

적월이 마음속의 생각들을 드러내지 않고 말했다.

"그런데… 어떻게 그를 찾을 계획이시죠?"

초설로가 물었다.

"홍림괴의 말이오?"

"네. 역시 혼마 님의 도움이 필요하겠지요?"

초설로는 무영마인 적월과 거래를 하면서도 혼마의 힘에 기대를 하는 모양이었다.

당연한 일이었다.

혼마가 누군가. 당대 마도의 맹주이고, 천하무림으로 보아도 다섯 손가락 안에 꼽히는 절대자였다.

하지만 적월의 대답은 초설로의 기대와 달랐다.

"글쎄… 사부께서 이 일에 관여하실지는 모르겠소. 물론 말씀은 드리겠지만……."

"이 거래에 응하지 않을 수도 있단 뜻인가요?"

"아니오. 이 거래의 주체가 사부님이 아닌 나란 뜻이오. 사부께선 내가 한 거래이니 내가 알아서 하길 바라실 것이오. 본래… 그런 분이라서. 우린 보통의 사제지간과는 좀 다른 관계요."

적월이 차분하게 자신의 상황을 설명했다.

"그렇군요… 후, 그럼 어쩔 수 없죠. 무영마 님만 믿겠어요."

"아마, 기대에 어긋나지 않을 것이오."

적월이 대답했다.

마영들이 있다.

혼마 창이 이 거래의 당사자였다 해도 그는 마영들을 통해 홍림괴의를 찾았을 것이다.

그 마영들이 자신의 손안에 있는 이상 적월은 이 일을 충분히 해낼 수 있다고 자신했다.

"듣기 좋은 대답이군요."

초설로는 적월의 자신감에 안심이 되는 모양이었다.

"구중천의 천주가 내일 상천곡에 도착할 것이오. 그럼 얼마 뒤 마맹의 대회합이 바로 있을 것이고, 그곳에서 난 현 마맹의 맹주이신 사부님의 뜻을 마맹의 마웅들에게 전할 거요. 그때… 내 계획을 지지해 주시기 바라오."

"후우… 알겠어요. 그런데 구중천의 천주는 믿으시나요?"

"그렇소."

적월이 확신하듯 대답했다.

"이상한 일이군요. 그는 신뢰하기 힘든 사람이라고 알려졌는데……."

"그래서 그를 믿소."

"……?"

"그에게 이득과 두려움 둘 모두를 줄 수 있기 때문이오."

적월이 대답했다.

구중천주 후금의 귀환은 화려했다.

상천곡 전 마도의 주요 고수들이 계곡 중앙의 광장으로 나와 구중천주 후금을 반겼다.

장안에서 무림맹의 토벌대를 다른 곳으로 유인하고, 화산파를 공격해 상청궁을 불태운 일은 혼마 창의 계획하에 이뤄진 일이다.

하지만 적어도 화산 공격에 직접 앞장섰던 사람은 구중천주 후금이었다.

그런 그가 화산 공격이 끝난 후, 석 달이 넘도록 모습을 드러내지 않은 것은 마도인들에게 큰 화젯거리였다.

물론 혼마 창이 화산 공격 이후 삼 개월간 마도인들의 근신을 명하기는 했지만, 그래도 마맹의 주요 인사들의 행적은 대부분 상천곡에 알려졌다.

그런데 유일하게 후금만이 지난 몇 개월간 그 행적이 알려지지 않았다.

더군다나 후금은 혼마 창을 제외하면 마맹에서 가장 지분이 큰 인물이었다.

그래서 그의 복귀를 보려고 상천곡 대광장에 사람들이 모여드는 것은 당연한 일이었다.

"참, 특이한 사람입니다."

마전의 입구인 절벽 중턱의 오두막 앞에 서면 상천곡의 중심인 대광장이 한눈에 내려다보인다.

적월은 그곳에서 자신의 수족이 된 무영오마와 함께 구중천주 후금의 화려한 등장을 지켜보고 있었다.

다행인 것은 마영들 중에서 혼마 창이 후금을 만나러 상천곡을 떠났다는 사실을 아는 사람은 몇 있었지만, 그것이 후금의 배신을 확인하고 벌주기 위함이었다는 사실을 아는 사람은 없었다는 것이다.

아니, 그 사실을 알고 있던 사람도 있었다. 마영일조의 조장과 함께 소호산에 간 마영일조의 마영들 몇몇. 하지만 그들은 소호산 사당에서 모두 죽었다.

그러니 지금은 오히려 혼마 창이 후금을 만나러 강호로 나간 이유가 그에게 마맹의 맹주 자리를 맡기기 위해서였다는 것으로 둔갑될 수 있는 상황이었다.

그런데 그런 시끌벅적한 후금의 귀환을 못마땅하게 생각하는 사람이 있었다.

무영오마의 수장 마영 천(天)이었다.

"뭐가?"

"저런 시끄러운 귀환은⋯ 마도인에게는 어울리지 않지요."

마영 천이 대답했다.

"그럴 만하니까."

적월이 말했다.

"물론 구중천이 마맹의 중심 문파이기는 합니다. 하지만 다른 문파에 비해 세력이 월등히 강한 것은 아니지요. 구중천주의 무공이 다른 마웅들을 굴복시킬 만큼 뛰어난 것도 아니고⋯⋯."

"그런 의미가 아니야."

"그럼⋯⋯?"

그런 것이 아니라면 어째서 후금이 이런 화려한 귀환을 즐길 권리가 있는지 모르겠다는 표정으로 마영 천이 물었다.

"마맹의 맹주가 될 사람이니까."

적월이 쉬운 문제라는 듯 대답했다.

"하지만 그 사실을 아직 다른 문파의 수뇌들은 모르지 않습니까?"

"얼추 알고 있을걸?"

"그들이 어떻게 혼마 님의 결정을 벌써 알고 있단 말입니까?"

"내가 어제 빙궁의 궁주를 만났으니까."

"예? 그럼 그곳에서⋯⋯?"

마영 천이 되물었다.

"음, 구중천주가 마맹의 맹주가 될 것이라고 말했지. 그게 사부님의 뜻이라고. 물론 빙궁주가 내 말을 다른 자들에게 전하지는 않았을 거야. 하지만 다른 빙궁의 문도들은 다르지. 아마 금세 천오로에 자리 잡은 중소문파들 귀에 들어갔을 거야."

"일부러 그리하신 겁니까?"

빙궁도들의 입단속을 하려면 충분히 할 수 있었던 일이었다.

그런데 적월은 그렇게 하지 않았다.

혼마 창이 마맹의 맹주 자리를 후금에게 물려줄 거란 소문이 퍼지는 것을 방치한 것이다.

"그에게 선물을 주고 싶었지."

"그라면……?"

"구중천주 말이야. 그의 귀환이 화려할수록, 그가 마맹의 맹주가 되어 모든 사람들의 관심과 환대를 받을수록… 난 내가 하고 싶은 일을 쉽게 할 수 있으니까."

"아……"

"이게 본래 사부님의 방식 아니던가?"

적월이 마영 천에게 물었다.

"그… 렇긴 하지요."

마영 천이 고개를 끄떡였다.

"그런데 사형은 좀 달랐었지?"

"그렇습니다. 절대마룡께서는 자신이 주목받기를 원하셨지요."

"그래… 그래서 내가 사부의 후계자가 된 것이야. 사부님은 자신을 드러내는 후계자를 원치 않으셨거든."

"그러리라 생각했습니다."

마영 천이 대답했다.

'나쁘지 않아. 이런 식으로 마맹을 움직일 수 있다면 정천이나 밀천을 충분히 상대할 수 있을 거야. 그러기 위해서는 먼저……'

적월이 시선을 돌려 마영 천을 바라봤다.

"내리실 명이라도……?"

적월의 시선이 자신을 향하자 마영 천이 긴장한 표정으로 물었다.

"오 일 안에 부를 수 있는 마영십이조의 조장은 몇이나 될까?"

"그것이… 마영들은 천하 각지에 퍼져 혼마 님의 명을 수행하기 때문에 닷새 안으로 올 수 있는 사람은 많지 않습니다."

"그건 나도 알고 있어. 그래도 가능한 사람은 부르도록 하지. 신마령의 주인으로서 그들의 충성을 확인받고 싶군. 구중천주에게 맹주의 자리를 넘기면 나에겐 그대들이 좀 더 중요해질 테니까."

"알겠습니다. 그리 전하겠습니다."

마영 천이 순순히 대답했다.

그러자 적월이 다시 시선을 돌려 마도의 수뇌들과 인사를 나누고 있는 구중천주 후금을 바라봤다.

그의 행동 어디서도 십이천문에 사로잡혀 목숨을 구걸하던 모습이 보이지 않았다.

마치 그 자신이 절대적인 마도의 권력자인 듯 행동하는 후금이다.

'혼천안이 아니었다면 시도할 수 없었던 방법일지도……'

후금의 뇌리에 심어놓은 혼천안의 제약이 아니라면 후금은 아마도 상천곡에서 도착하는 순간, 아니, 십이천문을 벗어나는 순간 약속을 깨고 십이천문을 배신했을 것이다.

하지만 혼천안의 금제에 걸려 있는 후금은 이제는 절대 적월을 명을 거부할 수 없다. 거부하는 순간 자신의 뇌혈관이 터져버린다는 것을 알고 있기 때문이다.

"지나치군요."

문득 마영 천이 노한 목소리로 말했다.

"무슨 소리지?"

후금에 대한 생각에 빠져 있던 적월이 마영 천을 돌아봤다.

"구중천주 말입니다."

마영 천은 정말 분노하고 있는 듯 보였다.

"그가 왜?"

"감히 맹주전으로 들어가고 있지 않습니까?"

"응?"

적월이 다시 상천곡 대광장으로 시선을 돌렸다.

대광장 북서쪽에는 그리 크지는 않지만 웅크린 사자 같은 기운을 뿜어내는 건물이 한 채 있었다.

검은 흑석으로 지어진 건물은 마맹에서 가장 중요한 건물이었다.

그곳이 바로 마맹의 맹주가 머무는 곳이기 때문이었다.

마도의 중심, 그 건물로 후금이 들어가고 있었다.

'가벼운 자.'

적월이 혀를 찼다.

비록 그를 마맹의 맹주로 만들어주기로 약속했지만, 그는 아직 마맹의 주인이 아니다.

어쨌든 지금은 혼마 창이 여전히 마맹의 맹주였다. 그러니 맹주전의 주인은 혼마 창이다.

그런데 후금은 마치 자신이 벌써 마맹의 맹주가 된 것처럼 맹주전으로 들어가고 있었던 것이다.

당연히 마영 천이 분노할 일이었다.

"본래 가벼운 인물이지."

적월이 별일 아니라는 듯 말했다.

"혼마 님의 권위를 무시한 행동입니다."

"알아. 하지만 저런 인물이어서 사부님이 그에게 맹주 자리를 넘긴 거야."

"……?"

"적어도 음흉하지는 않으니까."

적월이 덤덤하게 말했다.

제9장
대회합

후금을 찾아갈 필요는 없었다.

화려한 복귀를 한 후금이 그날 밤, 기다리지 않고 마전으로 적월을 찾아왔기 때문이다.

적월은 그런 그의 성급한 행동이 부담스러웠다. 이 가벼운 자가 마영들 앞에서 무슨 소리를 할지 모르기 때문이었다.

하지만 적월의 걱정은 기우였다.

십이천문에 사로잡혀 자신의 목숨을 구걸했던 후금이지만, 일단 구중천 천주의 신분으로 돌아온 후금은 그 자리에 어울리는 사람으로 변해 있었다.

그리고 그런 그의 모습이 다른 면에서 적월을 조금 불편하게 만들었다.

"하하하, 이거 참, 하루아침에 이렇게 팔자가 변할 줄이야. 이제 아무 걱정 마시구려. 내가 마맹의 맹주가 된 이상 그… 무영마께서 하시고자 하는 일은 뭐든 도와드리겠소이다."

후금이 다른 사람을 물리고 적월과 단둘이 마주 앉자마자 호탕하게 말했다. 마치 이미 마맹이 자신의 손안에 들어온 것 같은 호기다.

물론 나름대로 신중한 면도 있었다.

적월을 무영마라 부르는 것이 그 증거였다.

비록 그가 여전히 적월의 본명을 모른다고 해도 적월이 십이천문의 사람임은 누구보다 잘 알고 있었다.

주위에 사람도 없고, 마맹의 맹주가 될 거라는 기분에 도취된 그로서는 적월의 본래 신분을 언급할 수도 있었다.

그러나 후금은 적월을 무영마라 불렀다. 그건 그가 적어도 적월의 신분이 드러나지 않도록 주의하고 있다는 의미였다.

"아직… 마맹의 맹주가 된 것은 아니오."

적월이 차갑게 말했다.

그의 말에 의해 주변의 공기조차 싸늘하게 변했다.

그러자 후금의 얼굴이 흠칫 굳었다.

그제야 적월 앞에서 자신이 어떤 처지인지 깨달은 것이다.

"물론… 이 모든 게 그 양반들 덕분임을 모르지 않소이다."

후금이 금세 풀 죽은 표정으로 말했다.

"조심하시오. 언제든 그대의 뇌혈관이 터질 수도 있소."

적월이 경고했다.

"아, 알고 있소. 그래도 설마 그런 끔찍한 일이 일어나겠소?"

후금이 자신의 목덜미를 매만지며 말했다.

그는 절대 그런 일이 일어나지 않을 거라 말했지만, 사실 적월이 마음만 먹으면 언제든 그의 뇌혈관은 터지고 말 것이다.

혼마 창의 혼천안은 그토록 무서운 무공이었다.

"닷새 뒤에 대회합을 소집하시오."

적월이 말했다.

"닷새… 나 기다릴 필요가 있소이까?"

후금이 조심스럽게 물었다.

당장 오늘이라도 마맹의 대회합을 개최해 스스로 마맹의 맹주가 되고 싶은 기색이 역력했다.

"외부에 나가 있는 사람들이 돌아올 시간은 줘야 하지 않겠소?"

"음… 그렇기는 하오만……."

겁도 많고 욕심도 많은 자다.

그래서 다루기 쉽지만 일에 허점이 생길 수도 있었다.

"일은 내 계획대로 진행할 것이오."

적월이 다부지게 경고했다.

"아, 알겠소이다. 그럽시다."

죽을 뻔한 목숨이다.

구사일생 살아 돌아와 마맹의 맹주가 될 수 있는 팔자가 되었는데 닷새쯤 못 기다릴 이유가 없었다.

"혼마는… 대마존으로 추존하시오."

"대마존이라… 그럴듯한 별호구려. 그런데 그럼 무영마께서는……?"

"난 신마령주로 칭하면 될 것이오."

"아, 그렇구려. 신마령주! 아주 좋소이다. 마도에서 신마령은 혼마 창 본인을 증명하는 신패, 그 신패의 주인은 곧 혼마 창과 다르지 않으니 모든 마도인들이 굴복할 것이오."

후금이 고개를 끄떡이며 말했다.

"그렇다 해도 결국 당신의 역할이 중요하오. 내가 드러내 놓고 마맹의 일에 관여할 수는 없으니까."

"그야 물론……."

대답을 하는 후금의 입가에 작은 미소가 떠올랐다.

뒤에 누가 있던 상관없다. 그 자신은 마맹의 맹주로서 권력의 정점을 즐길 것이기 때문이었다.

"마해류를 장악하는 것이 중요하오."

"당연한 일이오."

이때만큼은 후금도 정색을 했다.

마해류는 혼마 창이 만든 마맹의 유일한 조직이다.

본래 마문들은 독립성이 강해서 마맹이라는 이름으로 한데 모였어도 별도의 조직을 갖추지는 않았다.

모두 자파의 고수들을 별도의 조직에 내놓기를 꺼려하기 때문이었다.

그럼에도 불구하고 혼마 창은 하나의 조직만큼은 고집스럽게 구축했다. 마맹에서는 마해류라 부르는 조직이다.

사실 마해류는 조직이라고 부르기에 어울리지 않을 수도 있었다. 왜냐하면 마맹에 속한 모든 마문과 마인들이 이 조직의 일원이라고 할 수 있기 때문이었다.

그럼에도 불구하고 마해류라는 이름을 붙여 별도의 조직처럼 부르는 이유는 마해류의 이름으로 하는 일이 특별하기 때문이었다.

"천하 각지의 모든 소식을 전하라. 칼 든 자라면 이름 모를 산적의 죽음까지도……."

마해류라는 특이한 이름의 조직, 조직이라기보다는 마맹 전마인의 임무를 특정한 것 같은 조직을 만들며 명령한 혼마 창의 일갈이었다.

결국 마해류는 마맹이 가진 거대한 정보의 그물이었다.

천하 각지 마도의 인물들이 머무는 곳에서 일어나는 일이라면 그 어떤 일이라도 닷새 안에 상천곡에 전해질 수 있게 만들어진 조직이 마해류인 것이다.

그런데 그 방대한 마해류 안에 정말 조직다운 조직이랄 수 있는 소조직 하나가 있다.

마해류 아래 존재하는 마해밀도, 혼마 창이 마도의 인물 중에서 신중하게 고른 일백 명의 마인들로 구성된 이 마해밀도는 마해류란 이름으로 수집된 천하 각지의 정보를 마맹의 수뇌에 전달하는 역할을 한다.

또한 특별한 경우, 마해밀도에 속한 마인들이 특정한 문파나 세력에 침투해 직접 첩자로서 활동하기도 했다.

그래서 보통 마해류를 마해밀도로 인식하는 마도인도 많았다.

그러니 그 마해밀도의 일백 마인을 장악하는 자가 곧 마맹의 주인이다.

그래서 후금 역시 마해류를 장악하는 것이 맹주로서 단단한
권력을 갖기 위해 가장 중요한 일이라는 것을 알고 있었다.

"마해류는… 내가 관여해야겠소."

"……?"

적월의 갑작스러운 말에 후금이 적월을 바라봤다.

"불만이오?"

적월이 물었다.

불만이면 이 자리에서 후금을 죽일 수도 있다는 단호함이 적
월의 얼굴에 드러났다.

"아, 아니오. 그런데 왜……?"

물론 마해류의 통제권을 적월에 넘기는 것 자체도 아까운 일
이었다.

맹주로서 마해류를 통제하지 못한다는 것은 권력의 절반쯤을
잃는 것이기 때문이다.

하지만 그것보다 궁금한 것은 갑자기 적월이 왜 마해류에 욕
심을 내느냐는 것이었다.

어차피 자신을 통제하고 있으니 마맹의 모든 일은 적월의 의
도대로 이뤄질 것인데, 특별히 마해류를 직접 통제하려는 이유
를 알 수 없는 후금이었다.

"그게 혼마가 마도를 통제하는 방법이었으니까."

적월이 덤덤하게 대답했다.

"그야… 그렇기는 하지만……."

반박할 수 없는 이유다.

혼마도 마맹의 맹주로 있을 때 마해류를 특별히 관리했다.

그러니 적월이 마해류를 장악해 장막 뒤에서 마맹을 통제하려는 것은 당연했다.

그리고 적월에게 목숨이 저당 잡힌 후금은 당연히 적월이 마해류를 통제하는 것을 도와야 한다.

그럼에도 불구하고 후금은 아쉬움이 남았다. 마해류를 장악하는 것이야말로 진정한 마맹의 주인임을 의미하기 때문이었다.

"욕심내지 마시오."

적월이 후금의 속내를 알아채고 경고했다.

"쩝, 솔직히 마해류에 욕심이 나지 않는 것은 아니오. 하지만 뭐, 그쪽이 필요하다면 어쩔 수 없지. 그런데 대체 마맹을 이용해 하려는 게 뭐요?"

후금이 물었다.

십이천문이라는 곳이 자신을 이용해 혼마 창을 제압한 것까지는 이해할 수 있다.

십이천문과 혼마 창의 혈월야라는 원한 때문이라는 간단하고 단순한 이유가 있었다.

그런데 자신을 이용해 마맹까지 장악하려는 이유를 정확히 알 수 없었다. 그렇다고 십이천문이라는 곳이 강호의 패권을 노리는 문파도 아니기 때문이었다.

"그대들이 원하는 걸 대신 해줄 거요."

적월이 대답했다.

"우리가 원하는 것이라니 무슨 말이오?"

"무림맹과 싸우는 것."

"…정말이오?"

후금이 믿을 수 없다는 듯 물었다.

자신이 십이천문에 잡혀 있는 동안 그는 십이천문의 고수들에게서 무림맹에 대한 적의를 느끼지 못했다.

"그렇소."

적월이 대답했다.

"대체 왜……?"

"왜 무림맹과 싸우기 싫소?"

적월이 되물었다.

"그야……."

"겁이 나나 보구려?"

"뭐, 솔직히 전면전까지 할 필요는……."

맹주가 되고 보니 그 권력과 영광을 오랫동안 누리고 싶은 후금이었다.

그래서 당장 무림맹과 전면전을 벌여 생사의 갈림길에 서고 싶지는 않았다.

"걱정 마시오. 조용히 싸울 테니까."

"조용히 싸운다?"

"전면전을 벌일 일은 없을 거요. 물론… 그들이 대거 공격해 오면 그때는 다를 테지만."

"그럼 역시 기습으로……?"

"그렇소. 그래서 마해류를 장악할 필요가 있는 것이고."

"뭐, 그렇다면야."

후금이 고개를 끄떡였다.

전면전이 아니라면 싸움은 길어질 것이고. 싸움이 길어지면 맹주의 자리에서 영광을 누리는 시간도 길어질 것이다.

"최종 목표는 정사양립 정도가 될 것이오."

적월이 후금을 안심시키기 위해 명확한 싸움의 목표까지 제시했다.

"하아! 그러면 더 바랄 것이 없는 결과요."

정사양립이 가능하다면 그는 평생 마맹의 맹주로 살아갈 수도 있었다.

"그러니 다른 생각 말고 날 도우시오."

"하하, 걱정 마시오. 그대를 돕는 게 내가 마맹의 맹주로 오래 살아가는 방법이니. 최선을 다하리다."

"좋소. 그럼 닷새 뒤 대회합에서 그대를 맹주로 정식으로 지목하겠소. 혼마 창의 대리인으로서."

"알겠소이다."

후금이 환해진 표정으로 대답했다.

*   *   *

마영일조의 조장이 오지 않은 것은 당연한 일이었다.

죽은 자가 올 수는 없다.

마영일조의 임무는 혼마 창의 호위. 상천곡 안에서야 이조가 혼마 창의 곁을 지키지만, 상천곡을 벗어나면 마영일조가 혼마 창의 강호행에 동행한다.

당연히 혼마 창이 후금의 배신을 벌하기 위해 강호로 나갔을 때 마영일조 역시 상천곡을 떠났다.

후금의 배신에 대해 아는 것도 마영 중 마영일조가 유일했다.

그래서 후금의 귀환이 다른 마영들에게 의심을 사지 않았던 것이다.

일조장 기안은 혼마 창이 묵영단주와 함께 후금을 만나러 갔을 때도 일조의 조원들과 동행했다.

그리고 그날 환동에게 죽임을 당했다.

그러니 일조장 기안이 신마령의 이름으로 소집한 마영십이조의 조장 회합에 올 수 없는 것은 당연한 일이었다.

그렇게 당연하게 올 수 없는 일조장 기안을 제외하고 마영십이조의 조장 중 신마령의 부름에 응한 자는 모두 일곱이었다.

오지 않은 자가 넷, 모두 천하 각지에 흩어져 혼마 창의 명을 수행하고 있는 자들이었다.

모인 자들 중 처음부터 상천곡에 있던 자들 넷을 제외하면 외부에 나가 있던 자들 중 셋이 상천곡으로 급히 달려왔다.

"칠조장 우대원, 신마령주께 인사드립니다."

"구조장 길적연, 신마령주를 뵙습니다."

"십일조장 귀자호 대령입니다."

상천곡에서 이미 만난 조장들을 제외하고, 적월이 처음 보는 얼굴 셋이 마전에서 적월에게 부복했다.

적월은 석탁을 앞에 두고 백호의 모피로 만든 의자에 앉아 있었는데, 그의 앞 석탁에는 투박한 묵빛 신패가 덩그러니 놓여 있었다.

혼마 창의 분신을 의미하는 신마령이다.

그 신마령 앞에서 마영들은 절대복종의 몸짓을 보였다.

"모두 반갑군."

적월이 무심하게 말했다.

반갑다고 하면서도 얼굴에는 전혀 그 감정이 드러나지 않는다.

그러자 마영십이조의 조장들이 마치 혼마 창을 보듯 적월을 두려운 눈으로 바라봤다.

"사부께서는… 한동안 돌아오지 않으실 것이다."

적월이 느릿하게 말했다.

적월의 말을 듣고도 마영의 조장들은 혼마 창의 행적에 대해 묻지 않았다.

감히 물을 수도 없는 것이 혼마 창의 행적이기 때문이었다.

아마도 누군가 혼마 창의 행적을 물을 수 있다면 그건 일조장 기안 정도였을 것이다.

그러나 일조장 기안은 죽은 자, 그러므로 더 이상 혼마 창의 행적을 물을 사람은 없다.

적월이 말해주기 전에는…….

"사부님의 행적이 궁금한가?"

적월이 물었다.

"감히 저희가 어찌……."

이조장 천융이 머리를 조아렸다.

그는 처음 적월이 혼마의 대제자 절대마룡을 제압하고 신마령의 주인으로 마전에 들어왔을 때, 무영마라는 존재와 혼마는 다른 사람이라는 생각을 가지고 있었다.

그래서 혼마의 제자로서 적월에게 예의는 다했지만, 그 마음이 혼마를 대하는 것과는 차이가 있었다.

그러나 적월이 상천곡 마전에 든 지 오 일이 지난 지금, 그는 적월을 거의 혼마를 대하듯 하고 있었다.

그의 눈으로 새로운 맹주로 내정된 구중천주 후금이 적월 앞에서 머리를 조아리는 모습을 멀리서 지켜봤기 때문이었다.

물론 둘 사이의 대화를 들을 수 없었지만 적어도 적월과 후금 사이가 어떠한지는 보는 것만으로도 알 수 있었다.

후금은 완벽하게 적월에게 통제되고 있었다.

후금은 마치 혼마 창을 대할 때처럼 적월을 대하는 듯 보였고, 그런 후금의 모습을 보며 이조장 천융은 적월이 자신이 생각했던 것보다 훨씬 더 혼마 창의 위치에 가깝게 있다고 생각하게 된 것이다.

당연하게 이조장 천융이 보고 느낀 것은 다른 조장들에게도 전해졌다.

그래서 마영십이조의 조장들은 닷새 만에 적월을 온전한 혼마 창의 후계자이자 대리인으로 인정하고 있었다.

그래서 적월에게 혼마 창의 행적을 묻는 일조차 감히 조심스러워하고 있는 것이다.

"사부님은 특별한 분이지. 솔직히 말해 마맹과 무림맹의 싸움에는 별 관심이 없으셔."

"……?"

모두가 의문을 갖지만 누구도 반문할 수 없는 적월의 말이다.

"사부께서 마맹을 만든 것은 일종의 부채 의식 때문이지. 칠마 중 유일하게 사부님만 살아 계시니까. 그 후예들이 무림맹에 사냥이나 당하며 살게 놔둘 수는 없다 생각하신 거야. 모두 알고 있지? 사실 사부께서 칠마의 난 당시에도 자주 무림을 떠나 계셨던 걸."

"물론 잘 알고 있습니다. 그 급박한 시기에도……."

가장 오랫동안 혼마 창을 따른 천융이 대답했다.

생각해 보니 정사 간에 치열한 전쟁이 벌어지던 시기에도 혼마 창은 한동안 무림을 떠나 있곤 했었다.

이상한 일이지만 어찌 생각해 보면 그때부터 혼마 창은 무림의 패권에는 관심이 없는 사람이었다.

그래서 적월의 말 역시 의심을 살 이유가 없었다.

"사실 나도 크게 다르지는 않아."

적월이 다시 입을 열었다.

"무영마께서도 무림의 패권에는 관심이 없으신지요?"

천융이 되물었다.

"아주 없지는 않지만 사형만큼은 아니지. 하지만 사부님보다야 많고… 난 실질적으로 마맹을 움직이고 싶은 욕심은 있어. 비록 맹주 자리는 구중천주에게 주더라도. 그래서 내가 그에게 요구했지. 마해류를 내가 관리하겠다고."

"아……."

"그렇다면……."

십이조장들 입에서 나직한 탄성들이 흘러나왔다.

그들 역시 마맹에서 마해류가 어떤 의미를 지니고 있는지 잘 알고 있기 때문이었다.

특별한 조직이 없는 마맹에서 마해류는 어쩌면 마도의 문파들을 하나로 엮어주는 그물 같은 존재였다.

그 마해류를 장악한다면 그건 곧 마맹을 장악하는 것이다.

"좋은 생각이십니다."

이젠 적월의 심복이랄 수 있는 마영 천이 말했다.

"그래서 말인데. 마해류를 장악하려면 역시 마해밀도를 손에 넣어야 하는데 그들의 역할이 그대들과 닮았더라고."

"맞습니다. 그래서 혼마 님께서 마해밀도를 만드실 때 저희들은 조금 의아한 생각을 했었습니다."

마영 천이 말했다.

"그렇겠지. 마영십이조가 있는데 굳이 마해밀도를 별도로 만들 이유가 있을까 싶었겠지. 하지만 필요한 조직이지. 마영십이조는 세상에 드러낼 수 없으니까. 마맹의 수뇌들에게조차도 말이야. 그들도 자네들의 존재를 어렴풋이 짐작할 뿐, 정확한 것은 모르니까."

"그렇긴 하지요."

천융이 대답했다.

"아무튼 좋아. 마맹의 대회합이 끝나고 내게 마해류의 통제권이 주어지면 마해밀도의 다섯 수장을 내 손에 넣겠다."

"당연한 일입니다. 그래야 마해류를 통제할 수 있지요."

"그들에 대한 정보를 모두 모아라. 죽은 조상들의 정보까지."

"예, 무영마 님!"

마영십이조의 조장들이 일제히 대답했다.

"그리고, 오늘부터 한 달간 밀전이 좀 더 바쁘게 움직여야겠어."

적월이 마영삼조의 조장 적사를 보며 말했다.

"이미 생각하고 있었습니다. 구중천주가 새로운 맹주가 되면 마맹에 어떤 변화가 일어날지 모르니까요."

"역시 삼조장이군. 좋아… 그럼 앞으로의 일들을 좀 더 상세하게 논의해 볼까?"

적월이 몸을 앞으로 기울이며 말했다.

그러자 마영십이조의 조장들이 일제히 적월 곁으로 다가섰다.

그날 밤, 적월이 목적으로 했던 것은 마영들을 이용해 뭔가를 해보려는 것이 아니었다.

그는 단지 자신이 온전한 마영십이조의 주인이란 사실을 마영들에게 각인시키고 싶었다.

마맹의 일과 향후 정사대전의 일을 논의하면서 마영십이조의 조장들은 신마령의 주인 무영마가 혼마 창을 대신해 자신들의 주인이 되었다는 사실을 자연스럽게 받아들이고 있었다.

*　　　　*　　　　*

거대한 해류가 움직이는 것 같았다.

머리 위, 운무의 흐름 때문이 아니었다. 이 움직임은 사람이 만들어내는 것이었다.

상천곡 다섯 곳으로 갈라진 계곡에 은거해 있던 마인들이 거대한 흐름을 만들며 중앙 광장으로 모여들었다.

개미굴처럼 이어진 상천곡의 계곡들은 끊임없이 마인들을 토해냈다.

늦게 거처를 나선 마인들은 중앙 광장의 근처에도 가지 못한 채 멀리서 검은 나무로 만든 거대한 단(壇)을 바라볼 수밖에 없었다.

그 거대한 사람의 흐름 끝에 위치한 단 위에는 수십 명의 마두들이 모여 있었다.

단 아래에는 마맹을 대표하는 마문의 고수들이 단을 에워싼 채 사방을 삼엄하게 지키고 있었다.

둥둥둥…….

은은하게 북소리가 울려 퍼졌다.

세간의 눈을 피해 만들어진 마맹의 본거지 백마산 상천곡에서 이렇게 큰 북소리가 울려 퍼지는 것 자체가 흔치 않은 일이다.

그 북소리에 맞춰 단 위의 마두들이 일제히 북쪽을 바라봤다.

그러자 안개에 가려진 북쪽 절벽 중간에 일단의 인물들이 모습을 드러냈다.

검은 무복을 입고 모습을 드러낸 자들은 마치 떠오르듯 허공으로 솟구치더니 가볍게 절벽 아래로 내려섰다.

절벽 아래로 내려선 자들이 빠르게 좌우로 늘어섰다.

그러자 그들에게 가려져 있던 두 사람이 모습을 드러냈다.

그중 한 사람은 상천곡의 주요 마두들이라면 거의 모든 사람이 아는 얼굴이었고, 다른 한 사람은 얼굴을 검은 면사로 가려 정체를 알 수 없었다.

얼굴이 알려진 자는 절대마룡 막초다.

마맹의 창립자인 혼마 창의 대제자. 혼마 창이 부재한 지금 혼마 창을 대신할 수 있는 유일한 인물이다.

그런 그와 어깨를 나란히 하고 있는 면사인에 대해선 상천곡의 마인들 대부분이 정체를 알지 못했다.

하지만 개중 수뇌들 몇몇은 면사인의 정체를 짐작하고 있었다.

확인된 소문은 아니지만, 혼마 창의 이제자가 상천곡에 들어왔고, 그가 대제자 막초를 제치고 혼마 창의 정식 후계자가 되었다는 확인되지 않은 놀라운 소문이 은연중에 마맹의 수뇌들 사이에서 돌았기 때문이다.

그래서 검은 단 위의 마두들은 절대마룡보다 면사인에게 시선을 주목했다.

"제길!"

마두들의 시선이 자신들을 향하는 것을 본 절대마룡 막초가 투덜거렸다.

"가시죠."

면사로 얼굴을 가린 적월이 말했다.

"꼭 이렇게까지 창피를 줘야겠나?"

막초가 투덜거렸다.

이 자리가 어떤 자린지 누구보다 잘 아는 막초다.

상천곡에 들어온 수천의 마인들이 모두 지켜보는 대회합의 자리다.

이런 곳에서 그동안 자신이 누려온 모든 권력을 다른 사람에게 넘기는 일은 수치스러운 일이다.

적어도 그에게는 그랬다.

"창피라뇨. 그럼 좋게 물러나는 것이죠. 무도에 대한 수련자의 모습으로… 사부님과 비슷하다고 생각할 겁니다."

"제길… 어울리지 않아, 나와는. 모든 사람들이 알 거야. 사제에게 패해 물러나는 것임을."

"일부만 알 겁니다."

"일부가 알면 결국 모두가 알게 되지."

"하지만 그냥 소문으로 들은 말들은 항상 진실을 의심받게 되겠지요."

"후우… 설득이 안 되는군. 알겠어, 패자가 무슨 말을 하겠는가. 가자고."

막초가 고개를 젓고는 투덜거리며 걸음을 옮기기 시작했다.

모든 무공이 사라진 것은 아니다.

속은 비었지만 절대고수 흉내를 낼 수 있는 미약한 내공은 남아 있는 막초였다.

그 미미한 내공을 막초는 제대로 쓰기 시작했다.

"절대마룡!"

"절대마룡이다."

마맹에서 혼마 창을 알아보는 자는 드물다. 그러나 그 제자 절대마룡 마초를 알아볼 수 있는 사람은 적지 않았다.

막초가 혼마 창의 지시와 달리 마맹의 일에 적극적으로 관여하며 지냈기 때문이다.

사람들의 웅성거림 속에서 막초가 검은 단 위로 이어지는 계단을 따라 올라갔다.

단 위에 모여 있던 몇몇 마두들 중 일부가 막초를 정탐하는 듯한 시선으로 바라봤다.

이미 이제자 무영마의 등장 소식을 들은 마두들이었다.

그들은 막초에게 여전히 과거와 같은 권력이 남아 있는지 의심 어린 시선으로 막초를 살피고 있었다.

"잘들 지내셨소?"

단 위에 오른 막초가 마두들을 보며 퉁명스럽게 물었다.

평소와 같은 모습이다. 도도하고, 안하무인의 기운이 풍기는 막초의 행동. 그럼에도 혼마 창의 대리인이라는 이유로 누구도 반발할 수 없는 행동이다.

"어서 오십시오."

"잘 지내셨소이까?"

단 위에 있는 마두들은 하나같이 일문의 주인들인데, 그들이 막초를 대하는 태도는 정중하기 이를 데 없다.

"나야 뭐… 그런대로. 그보다 대회합을 시작하기 전에 소개할 사람이 있소."

막초가 조금은 신경질적인 말투로 말하자 마두들의 시선이 단 아래로 향했다.

얼굴을 검은 면사로 가린 건장한 사내가 계단 초입에 서 있었다.

"사제, 올라오지."

막초가 적월을 불렀다.

그러자 적월이 천천히 걸음을 옮겨, 열여섯 개의 계단을 올랐다.

의미를 부여하자면 과거 십육마문을 상징하는 계단의 숫자다.

"누군지 아시는 사람도 있을 거요."

적월이 미처 계단을 다 오르기도 전에 막초가 말했다.

"혼마 님의 이제자이신 무영마께서 상천곡에 오셨다는 말을 들었소이다."

귀곡의 두 곡주 중 한 명인 신수 위요금이 말했다.

"역시 소문이 빠르군."

막초가 씁쓸한 표정으로 중얼거렸다.

그사이 적월이 막초 앞에 도착했다.

"소개하겠소. 내 사제요. 사부께서 심혈을 기울여 키운 친구요."

막초의 말에 단 위 마두들의 시선이 일제히 적월에게 향했다.

그런 마두들을 향해 적월이 가볍게 포권을 해 보였다.

"무영마라 하오. 마도의 영웅들을 만나게 되어 영광이오."

적월의 인사에 마웅들 중 일부는 마주 포권을 했고, 또 몇몇은 경계의 시선으로 적월을 바라볼 뿐 어떤 행동도 하지 않았다.

그러자 막초가 다시 입을 열었다.

"뭐… 아쉬운 일이지만 이제부터 난 마맹의 일에 관여하지 않을 생각이오."

"마맹을 떠나시겠다는 뜻입니까?"

동이로에 머물며 귀곡과 특별한 인연을 자랑하는 만독문의 문주 천독수 엄충이 물었다.

"아마도 그렇게 될 것 같소. 강호의 번잡함에서 벗어나 있고 싶구려. 사부께서도 허락을 하셨고."

"갑자기 왜……?"

막초의 결정을 이해할 수 없는 이는 엄충만이 아니었다.

평소 막초는 권력욕을 숨기지 않았던 사람이다.

그런 자가 강호의 번잡함을 꺼려해 은거를 하겠다는 말은 장내의 누구도 믿을 수 없었다.

"뭐, 개인사를 세세히 말하기는 뭣하고… 아무튼 이제부터는 무영마 사제가 사부님을 대신하게 될 것이오. 특히… 사제에게는 신마령이 있으니 사제를 대할 때는 각별히 주의해야 할 것이오."

"신마령!"

"아……!"

마두들 사이에서 나직한 탄성이 흘러나왔다.

장내의 마두들 역시 신마령의 의미를 누구보다 잘 알고 있었다. 신마령은 마도에서 혼마 창을 상징하는 신패다.

신마령이 나타나면 모든 마도인들은 혼마 창을 만난 것처럼 행동해야 한다.

신마령의 위엄을 거슬렀다가 죽음을 당한 자가 한둘이 아니었
다.

툭!
마두들이 놀라는 사이 적월이 품속에서 신마령을 꺼내 손 아
래로 늘어뜨렸다.
단단한 쇠줄에 매달린 신마령이 적월의 손 아래서 가볍게 달
랑거렸다.
그 귀한 신마령을 다루는 적월의 손길이 너무 가벼워서 사람
들 중 일부는 눈살을 찌푸릴 정도였다.
"정말 신마령이 맞는지 확인해 볼 분이 있으시오?"
적월이 무심하게 물었다.
절대마룡 막초가 마인들에게 안하무인으로 행동했다고 하지
만 적월 역시 그 못지않은 거만함이다.
"절대마룡께서 확인하셨는데 달리 확인할 필요가 없지요."
남삼로의 주인을 자처하는 자운산장의 장주 추관혜가 조금은
싸늘한 어투로 말했다.
그녀는 적월이 자신들을 너무 무시한다고 생각하는 듯 보였
다.
하지만 적월은 그런 추관혜의 반응에 관심이 없다는 듯 여전
히 도도하고 조금은 무료한 목소리로 입을 열었다.
"뭐, 그렇다면 고마운 일이오. 신마령의 진부를 가리는 일도
번거로운 일이니까. 물론… 이 신마령을 맡은 덕에 마맹의 일에
관여해야 하는 것은 더 번거로운 일이지만……."

적월이 신마령주로서 살아야 하는 삶이 무척 귀찮은 듯한 태도로 말했다.

그러자 절대마룡 막초가 씁쓸한 웃음을 흘리며 말했다.

"후후, 사제의 그 성격을 알기에 사부께서 새로운 마맹의 맹주를 다른 사람으로 지목하신 것이 아닌가. 사제가 맹주 자리는 굳이 사양을 하니까."

"음……."

"허험……."

막초의 말이 끝나자마자 다시 마웅들 사이에서 묘한 음성들이 흘러나왔다.

이들 중 대부분은 닷새 전 상천곡에 들어온 구중천의 천주 후금이 혼마 창으로부터 마맹의 새로운 맹주로 지목되었음을 알고 있었다.

후금 역시 굳이 그 사실을 숨기지 않고 마치 자신이 이미 맹주가 된 것처럼 행동하기도 했다.

그러나 소문은 소문, 정말 혼마 창이 맹주의 자리를 물러난 것인지 의구심을 가진 사람들도 많았다.

그 의심 속에는 후금에 대한 시기심도 포함되어 있었다.

마맹이 결성되고 한동안 후금과 동행했던 마두들은 후금이 그가 가진 구중천이라는 세력에 비해 개인의 능력은 그리 대단한 사람이 아니라고 판단하고 있었다.

물론 그럼에도 불구하고 구중천의 세력을 무시할 수는 없었다.

그래서 후금이 십육마문의 후예들 중 우두머리를 자처할 수 있었다.

그러나 단지 한 사람의 무인으로서 평가하면 후금이 마맹의 맹주로서 자격이 있는가에 의문을 가진 사람이 적지 않았다.

이런 상황에서 후금이 마맹의 맹주가 되는 것이 사람들에게는 탐탁지 않을 수밖에 없었다.

혼마 창이라면 무조건 복종할 수 있지만 후금은 그럴 만한 인물이 아니었다.

"소문대로 혼마께서 구중천주를 새로운 마맹의 맹주로 지목하신 건가요?"

섞이지 않는 물과 기름처럼 다른 마인들과는 어울리지 않는 기도를 흘리고 있는 여인이 물었다.

빙궁의 궁주 초설로다.

그녀가 입을 열자 사람들이 의외라는 듯 초설로에게 시선을 돌렸다.

빙궁주가 혼마 창의 초대에 응해 상천곡에 온 것 자체가 놀라운 일이다.

또한 그녀가 마맹의 대집회에 모습을 드러낸 것 역시 두 번째 놀라운 일이다.

그런데 그런 그녀가 입까지 열었다. 그건 곧 향후 마맹의 대소사에 관여하겠다는 의미였다.

이런 초설로의 행동은 역대 빙궁 궁주들의 행보와는 확연히 다른 것이었다.

그런데 모두가 놀라는 와중에 적월만큼은 면사 속에서 가볍게 미소 짓고 있었다.

초설로가 생각보다 빨리 자신과의 약속을 지키려 하고 있기 때문이었다.

"그렇소이다. 사부께선 구중천의 천주님을 새로운 마맹의 맹주로 지목하셨소이다. 이미 구중천주께는 연락을 드렸고, 난 신마령주로서 사부님의 뜻을 확인해 주기 위해 상천곡에 온 것이오."

"허험! 새삼스럽지만 참으로 감사한 일이오. 그리고 무척 부담이 되는 일이기도 하구려. 그래서 말인데 혹, 혼마 님의 결정에 반대하는 분이 있으시면 지금 말씀해 주시구려."

마맹의 맹주로 지목된 후금이 짐짓 겸손한 표정을 지으며 말했다.

물론 그의 입가에 드리운 미소가 그 겸손이 일시적인 것이라는 걸 말해주고 있었지만.

"혼마 님의 결정인데 감히 누가 이의를 달겠소. 또한 구중천주시라면 당연히 맹주의 자격이 있으시고……."

평소 후금과 친분이 돈독한 흑룡 여불이 말했다.

흑룡 여불은 천산에서 전신극의 주인이었던 대량, 지금의 환동에게 죽임을 당한 군림성의 성주 혈사자 여관호의 아들이다.

그는 여관호가 죽은 후 그의 뒤를 이어 군림성을 맡았다.

그러나 서른 중반의 그가 여관호를 대신해 군림성을 이끄는 것은 쉬운 일이 아니었다.

군림성 내부의 반발은 어찌 제압할 수 있었지만, 십육마문의 후인들이 젊은 그를 마맹의 수뇌로 인정하는 문제는 그리 쉽지 않았다.

그때 그에게 도움을 손길을 내민 사람이 후금이었다.

후금은 마치 여불의 후견인이라도 된 듯 여불이 여관호의 지위를 온전히 이을 수 있게 도와주었다.

물론 나중에 여불을 자신의 뜻대로 움직이기 위함이었지만, 어쨌든 당시의 여불로선 고마운 일이 아닐 수 없었다.

그래서 이 자리에서 그가 후금의 맹주 등극을 적극 찬성하는 것은 당연한 일이었다.

"그래도 사람마다 입장이 다르니 누군가는 내게 맹주의 자격이 없다고 생각할 수도 있을 거요. 자, 그런 분은 망설이지 말고 말씀해 주시오."

후금이 자신감에 찬 모습으로 단 위의 마두들을 보며 말했다.

시간이 흘렀지만 장내의 누구도 후금이 마맹의 맹주가 되는 것을 반대하지 않았다.

후금이 두려워서가 아니라 그를 맹주로 지목한 혼마 창의 뜻을 거스를 용기가 없기 때문이었다.

"뭐… 싱겁기는 하지만 이렇게 구중천주께서 마맹의 맹주가 되신 것 같소이다."

아무 분란도 없이 후금에게 맹주 자리가 넘어가는 것이 싱거웠는지 절대마룡 막초가 심드렁하게 말했다.

그런데 그때였다.

갑자기 단 아래쪽에 자리한 수천의 마인들 속에서 누군가의 목소리가 들려왔다.

"잠깐만 기다려 주시오. 구중천주께서 마맹의 맹주가 되시기 전에 한 가지 확인하고 싶은 것이 있소."

제10장
어둠의 지배자로서

예상치 못한 일이었다.

어쩌면 너무 당연한 일이어서 오히려 쉽게 잊고 있었는지도 모른다. 그래서 적월과 후금 모두 순간 당혹할 수밖에 없었다.

단 위의 마두들 시선이 단 아래서 소리친 자에게 향했다.

검은 무복에 조금은 그늘진 얼굴을 한 자, 본능적인 살기를 가지고 있었고, 두려움이란 단어가 끼어들 틈이 보이지 않는 차가운 얼굴을 한 자가 그곳에 있었다.

그리고 그의 뒤쪽으로 그와 비슷한 모습을 한 수십 명의 사내들이 서 있었다.

"누구냐?"

후금이 사내에게 물었다.

"날 모르시오?"

사내가 되물었다.

그러자 후금이 잠시 침묵을 지키다가 입을 열었다.

"알 것 같군. 그런데 그대들은 상천곡에 오면 안 되는 자들인데?"

"물론 형님이 계셨다면 당연히 오지 않았을 것이오. 하지만 형님이 두어 달째 행방이 묘연하니 이곳에 오지 않을 수 없었소."

"묵영단주가?"

후금이 되물었다.

"그렇소이다. 그리고 그 대답은 구중천주께 들어야 할 거 같소이다만… 형님은 천주를 만나기 위해 나갔으니 말이오."

사내가 차가운 눈으로 후금을 보며 말했다.

사내의 이름은 아후인, 적야왕이라는 별호를 가지고 있다.

십이천문이 소호산에서 후금을 미끼로 마천 혼마 창을 유인해 사로잡을 때 죽은 묵영단주 소명왕 아진의 동생이었다.

그는 평소 묵영단과 마맹을 오가며 막대한 재물을 마맹에 전달하는 일을 맡았다.

본래 혼마 창은 묵영단을 다른 마문들과 달리 상천곡에 들이지 않았다. 그건 묵영단이 마맹에 속한 문파라는 것을 세상에 숨기기 위한 조처였다.

그만큼 혼마 창은 묵영단을 중요하게 생각했다.

하지만 묵영단에서 마맹에 제공하는 막대한 재물을 마맹에 전해줄 사람은 반드시 필요했다.

묵영단주 아진은 그 일을 자신이 가장 믿을 수 있는 동생 아후인에게 맡겼던 것이다.

그러니 아후인이 이렇게 마맹의 대회합에 모습을 드러낸 것은 혼마 창의 지시를 어긴 것이라고 할 수 있었다.

그럼에도 불구하고 아후인은 이렇게 할 수밖에 없었다.

후금을 만나기 위해 출행한 소명왕 아진이 행방불명되었기 때문이다.

당연히 소명왕 아진의 행방을 후금에게 물을 수밖에 없는 상황이었다.

"그가 돌아가지 않았다고?"

후금은 영민한 자다.

겁이 많은 만큼 두뇌 회전도 빠르다.

그는 순식간에 상황을 파악하고 시치미를 떼며 아후인에게 되물었다.

"그렇소이다. 형님께서는 소호산에 가신 이후 돌아오지 않으셨소."

"그런가? 그것 참 이상하군. 난 분명히 소호산에서 그를 만난 후 아무 일 없이 떠났는데……?"

후금이 고개를 갸웃했다.

"단지 묵영단에 돌아오지 않으신 것이 아니라, 소호산 너머 강에 머물고 있던 배에조차 오르지 않으셨소. 그러니 당연히 형님은 소호산에서 행방이 묘연해지신 것이오. 그날 밤에……."

"음, 이것 참 당황스럽군. 난 그날 사당에서 그를 만난 후 남쪽 육로를 통해 소호산을 떠났는데… 혹, 이에 대해 아시는 것이 있소?"

후금이 슬쩍 적월을 바라보며 물었다.

'영악한 자······.'

적월이 내심 실소를 흘렸다.

후금은 묵영단주 아진의 행방불명 이유를 적월에게 만들어내라고 미룬 것이다.

어찌 보면 당연한 일일 수도 있었다.

소명왕 아진의 행방불명을 설명할 사람은 혼마 창이어야 하기 때문이었다.

아후인이 소명왕과 혼마 창이 동행했다는 사실을 알고 있는지는 알 수 없지만 짐작은 하고 있을 가능성이 컸다.

그날 소호산으로 둘을 데려온 배에 탔던 묵영단의 마인들이 묵영단주 아진에게 특별한 존중을 받는 노인이 포구에서 배에 승선한 것을 알 것이기 때문이었다.

"이리 올라오시오."

적월이 후금의 말에 대답을 하는 대신 아후인을 단 위로 불렀다.

그러자 아후인이 당황한 표정으로 고개를 저었다.

"제가 어찌 감히······."

지금 단 위에 오른 마두들은 모두 십육마문의 후예를 자처하는 자들이거나, 혹은 그에 버금가는 지위를 가진 자들이었다.

아후인은 스스로 그런 마두들 틈에 끼일 자격이 없다고 생각하는 듯했다.

"올라오시오. 신마령주로서 허락하오."

적월이 다시 말했다.

그러자 아후인이 검은 면사 위쪽에 드러난 적월의 눈을 잠시 응시하다 고개를 끄떡였다.

"신마령주님의 배려에 감사드립니다. 그럼! 마웅들께선 제 무례를 용서하시길!"

아후인이 단 위의 마두들에게 용서를 구하고는 빠르게 계단을 걸어 단 위로 올라왔다.

"이리 오시오."

적월이 단 위에 올라선 후 어색한 모습으로 단 입구에 서 있는 아후인을 가까이 불렀다.

그러자 아후인이 조심스러우면서도 당당한 걸음으로 적월 앞으로 다가왔다.

"소명왕의 아우시라고?"

적월이 다시 한번 아후인의 정체를 물었다.

"그렇습니다. 강호에선 적야왕이라는 별호로 불립니다만……"

아후인이 대답했다.

"소명왕의 소식이 궁금해 오셨다고 했소?"

"그렇습니다."

아후인이 대답했다.

그러자 적월이 얼굴을 찌푸리며 말했다.

"과연 그에게 무슨 일이 생겼군. 후우… 사부께서 걱정을 하시더니."

"혼마께서 형님 걱정을 하셨다고요?"

아후인이 되물었다.

"음… 그렇소. 그래도 아무 일 없을 거라 생각하셨는데. 이렇게 아우께서 그를 찾아오신 것을 보면 역시… 걱정했던 대로 소명왕께서 그들에게 변을 당했을 수도 있겠군."

적월의 말에 아후인과 다른 마두들이 모두 놀라 적월을 바라봤다.

소명왕 아진이 변을 당했을 거라니. 지금까지 이와 관련된 소식은 전혀 마맹에 전해지지 않았다.

놀라긴 후금 역시 마찬가지였다.

소호산 사당에서 소명왕 아진이 죽은 것을 알고 있는 유일한 인물, 아니, 그를 직접 죽인 환동을 제외하고는 유일한 인물이 후금이다.

그런 그조차 설마 적월이 소명왕 아진이 죽었을 거란 말을 할 거라고는 전혀 예상치 못했다.

"대체 형님께 무슨 일이 벌어진 겁니까?"

아후인이 따지듯 적월에게 물었다.

"말 그대로요. 그는 죽었거나 혹은 사로잡혔을 듯하오."

적월이 냉정하게 말했다.

"자세히… 자세히 말씀해 주십시오."

아후인이 적월의 말을 재촉했다.

"일이 이렇게 된 이상, 분명 우리 중에 배신자가 있소."

적월이 다시 한번 모든 사람을 경악시키는 말을 했다.

"배신자!"

"대체 누가……?"

마두들이 저마다 놀란 가슴을 진정시키지 못하고 당황스러운 음성을 토해냈다.

그 와중에 후금은 대체 이자가 무슨 소리를 하려고 하는 건가 하는 두려움으로 이마에 땀이 맺히기 시작했다.

마치 적월이 후금 자신을 마도의 배신자로 지목할 것 같은 불안감이 생긴 것이다.

그러나 후금의 걱정은 기우였다.

"물론 사부님이나 나도 배신자의 정체는 모르오. 이제부터 밝혀내야겠지만. 아무튼 이곳으로 오기 전 사부께서 사람을 보내 내게 소명왕으로부터 연락이 끊겼다고 하셨소. 그리고 어쩌면 소명왕이 변을 당했을 수도 있다고 걱정하셨소."

"대체 형님께 무슨 일이 일어난 겁니까?"

아후인이 다급하게 같은 질문을 했다.

그러자 적월이 대답했다.

"혹, 아는지 모르겠소. 당시 소호산행에는 사부께서도 묵영단주와 동행하셨소."

"아, 정말 그랬군요. 당시 형님을 배웅했던 문도들이 형님이 무척 어려워하는 분이 포구에서 배에 오르셨다고 해서 혹시나 하고 있었습니다. 그런데 정말 혼마 님께서 소호산에 함께 가셨군요."

아후인이 놀란 표정으로 말했다.

그러자 적월이 계속 말을 이었다.

"당시 그곳에서 여기 계신 구중천주와 묵영단주, 그리고 사부님이 따로 만남을 가졌소. 이후 구중천주와 사부님은 먼저 남쪽의 육로를 따라 소호산을 떠났고, 묵영단주께서는 소호산 북쪽 길을 넘어 배로 돌아갔다는 것까지가 확실한 사실이오. 그런데……"

적월이 잠시 말을 끊었다.

보통 때라면 그 뒷이야기를 구중천주 후금이 받을 만도 했다.

그러나 후금은 적월의 긴 이야기가 이어지는 중에 어떤 참견도 하지 않았다.

도대체 적월이 어떤 말을 꾸며댈지 알 수 없었기 때문이다.

잠시 숨을 고른 적월이 다시 입을 열었다.

"그런데 사부께서 소호산을 떠난 직후 정체불명의 무리가 소호산의 사당을 습격한 것 같소. 하지만 이미 세 분의 회합은 끝나 있었기에 그들의 기습은 아무런 성과도 거두지 못했소. 그런데 일이 이렇게 되고 보니 그자들이 아마도 배로 돌아가시던 묵영단주님을 공격한 것 같구려. 소명왕께서 묵영단으로 돌아가지 않고, 또 사부께서 부탁하신 일에 대한 보고도 하지 않고 연락이 끊긴 것을 보면……"

모든 일이 아귀에 들어맞는다.

물론 의심하고자 하면 의심할 바가 없는 것은 아니지만, 무영마가 누군가. 혼마 창의 이제자고, 신마령주다.

그의 말을 의심할 사람은 장내에 없었다.

"대체 누가 감히 혼마 님을 기습하려 했다는 겁니까? 무림맹입니까?"

만독문주 엄충이 노한 표정으로 물었다.

"정확히는 알 수 없소. 그러나 무림맹일 가능성이 가장 크기는 하오. 현 무림에서 감히 사부님을 공격할 배포가 있는 곳은 역시……."

적월이 말꼬리를 흐렸다.

순간 후금의 눈빛이 묘하게 변했다. 적월을 보는 그의 시선이 무척 흥미로웠다.

한편으로는 그 짧은 순간 당시 소호산에 모였던 모든 사람들의 행적을 알맞게 꿰맞추어 이야기를 만들어낸 적월의 지모에 감탄하는 것 같기도 했다.

그리고 이즈음 자신이 적월의 말을 거들어야 한다는 것도 알고 있었다.

"그런 일이 있었구려. 혼마께서 소호산을 떠난 후 각별히 조심하란 전갈을 보내시어 무슨 일인가 했었는데……."

후금이 근심 가득한 얼굴로 중얼거렸다.

그러자 다시 적월이 입을 열었다.

"소호산에서의 세 분 만남은 극비였소. 그런데 누군가가 그 만남을 알고 기습을 했다는 것은 필시 마맹 내부에 배신자가 있다는 의미요. 사부께서는 제게 만약 묵영단주에게 불상사가 일어났다면 반드시 마맹 내부에 배신자가 있을 것이니 그 배신자를 찾아야 할 것이라 말씀하셨소."

"음……."

"허어… 이런… 참!"

갑자기 누구든 배신자로 의심받을 수도 있다는 생각에 단 위의 마두들이 헛기침을 하며 난감해했다.

그런 마두들을 향해 적월이 다른 생각을 할 틈을 주지 않고 말했다.

"그래서 당분간 마해류는 내가 관리해야 할 것 같소. 물론…
새로운 맹주님의 허락이 있어야 하는 일이지만."

적월이 말끝에 후금을 바라봤다.

후금의 입가에 쓸쓸한 미소가 지어졌다.

생각지도 않았던 아후인의 출현으로 후금이 곤경에 처하는
순간, 오히려 이 상황을 이용해 자연스럽게 마해류를 장악하는
근거를 만들어내는 적월의 지모에 감탄과 쓸쓸함이 교차한 것이
다.

평소 나름대로 계책을 쓰는 데 능하다고 자부하는 후금 자신
조차도 감탄하게 만드는 적월의 순발력이었다.

후금의 내심이야 어떻든 마두들의 시선이 후금에게로 향했
다.

사실 마맹의 맹주라는 자리는 혼마 창이 아니면 거의 실권이
없는 형식적인 지위였다.

마맹이 특별한 조직을 갖추지 않고 있기 때문에 맹주가 되어
도 대회합을 주관하거나, 혹은 무림맹과의 싸움에 대한 논의를
주도하는 것 이상의 권한을 가질 수 없었다.

다만, 그럼에도 불구하고 마맹의 맹주가 맹주로서의 힘을 가
질 수 있는 이유는 마해류 때문이었다.

천하 각지의 소식을 빠르게 수집하기 위해 만들어진 마해류
다.

마맹 각 파는 일정 부분 마해류의 운용을 위해 자파의 힘을

사용해야 하는 의무가 있었다.

그건 곧 마해류를 통제하는 자가 마맹에 속한 각 문파에 어느 정도 영향을 미친다는 것을 의미한다.

마맹의 맹주는 바로 그 마해류를 통제함으로써 실질적으로 맹주로서의 권력을 행사할 수 있었다.

그러니 오늘 마맹의 맹주로 등극한 후금에게 마해류의 통제권을 넘겨달라는 적월의 요구는 후금에게 형식적인 맹주로 머물러 있으라는 말과 같았다.

다른 사람이 그런 요구를 했다면 당연히 후금은 거절했을 것이다.

아니, 거절 정도가 아니라 자신에 대한 도전으로 받아들여 칼부림을 할 수도 있었다.

그러나 이번에는 상대가 특별하다. 자신을 맹주로 지목한 혼마 창의 이제자가 아닌가.

더군다나 신마령주다. 신마령은 곧 혼마 자신을 의미한다.

그런 무영마의 제안을 과연 후금이 어떻게 처리할 것인지 마두들은 궁금할 수밖에 없었다.

그런데 이런 복잡한 의미를 지닌 마해류의 통제권을 후금은 놀랄 정도로 쉽게 포기했다.

"그렇게 합시다. 무영마 님의 제안을 받아들이겠소. 마해류는 당분간 무영마 님께서 맡아주시구려."

"허……."

"음……."

망설이지 않고 마해류를 무영마에게 넘겨주는 후금의 선택에 마두들 사이에서 나직한 침음성이 흘러나왔다.

물론 신마령주라는 지위가 대단하기는 하지만 후금이 너무 쉽게 마해류를 포기한 것이 오히려 미심쩍기도 했다.

"고맙소이다. 역시 사부께서 신뢰할 만한 분이시구려."

적월이 가볍게 후금에게 고개를 숙여 보이며 말했다.

"아아, 뭐 고마울 것 없소이다. 사실 마맹은 혼마께서 만드신 것인데 그분의 제자가 내부의 배신자를 찾아내기 위해 마해류를 움직이는 것은 당연한 일 아니겠소? 더군다나 지금 상황은 나조차 의심받을 상황인지라 나로선 오히려 무영마께서 하루빨리 배신자를 찾아내 나에 대한 의심을 털어내 주었으면 하는 바람이오."

후금이 슬쩍 적야왕 아후인을 보며 말했다.

소명왕 아진의 실종과 자신은 아무런 관련이 없다는 것을 다시 한번 강조한 것이다.

"알겠소이다. 최선을 다해 맹 내의 배신자를 찾아보겠소. 또한 소명왕께서 살아 계시다면 그에 대한 행방 역시 추적해 보도록 하겠소."

적월도 마지막에는 아후인에게 시선을 주었다.

그러자 아후인이 후금과 적월 두 사람에게 포권을 해 보였다.

"두 분께서 제 무례를 탓하지 않으시고, 오히려 이렇게 도움을 주시겠다니 감사합니다. 저 역시 새로운 맹주님과 무영마 님의 일을 힘껏 돕겠습니다."

"묵영단이야 이미 본 맹의 재정 삼 할을 담당하는 것으로 그 역할을 충분히 하고 있소. 그나저나 일단 소명왕께서 행방불명이시니 이젠 적야왕께서 묵영단을 맡게 되시겠구려."

후금이 적야왕 아후인을 보며 물었다.

"형님께서 돌아오시기 전까지는 그래야지요."

아후인이 단주가 된 기쁨을 생각할 수 없다는 듯 우울한 표정으로 대답했다.

"그럼 상천곡을 왕래하는 일은 누가 맡소이까?"

"그 역시 제가 하겠습니다. 본래 혼마께서 묵영단의 사람들 중 상천곡 출입은 오직 제게만 허락하신 일이라. 사실 형님께서도 상천곡에는 오지 못하시지요."

아후인이 대답했다.

"그건 모두 묵영단이 무림맹에 노출되는 것을 걱정하시어 사부님께서 그리하신 것이니 서운해 마시오."

적월이 담담하게 말했다.

"물론입니다. 서운하다니요. 오히려 혼마 님의 배려에 감사할 다름이지요."

아후인이 얼른 고개를 저었다.

그러자 적월이 좌중의 마두들을 돌아보며 물었다.

"자, 구중천주께서 마맹의 맹주가 되시는 것에 이의가 있으신 분, 더 있으시오?"

단 위의 마두들에게 한 말이지만 적월의 목소리는 상천곡 곳곳으로 퍼져 나갔다.

적월의 물음 뒤 한참이 흘러도 후금의 맹주 등극에 반대하는 사람은 더 이상 나오지 않았다.

후금의 두려운 것이 아니라 신마령의 권위가 그만큼 대단했던 것이다.

"더 이상 이의를 제기하는 사람이 없는 것 같은데… 축하하오."

이곳에 더 오래 있기 싫다는 듯 절대마룡 막초가 후금의 맹주 등극을 기정사실화했다.

"하하하, 이거… 감사합니다. 절대마룡께서 인정해 주시니 이제 정말 맹주로서의 책임감이 느껴집니다."

다른 때라면 감히 절대마룡 막초 앞에서 이런 여유를 보일 수 없는 후금이다.

그러나 그는 막초가 지금 어떤 상태인지 누구보다 잘 알고 있었다. 자신이 손 한 번 제대로 쓰면 당장 저승으로 보낼 수 있을 만큼 약해진 막초였다.

막초는 그런 후금의 도도함에 기분이 상했지만 이미 몸이 상해 할 수 있는 것이 없었다.

"뭐, 꽤 골치 아프긴 할 거요. 무림맹과 본격적으로 싸워야 하는 일이니. 그나저나 맹주가 새로 정해졌으니 앞으로 무림맹과 어찌 싸울지 그 논의를 해야겠구려."

"아무래도 그렇지요."

한쪽에 서 있던 자운산장의 장주 추관혜가 막초의 말에 호응했다.

그녀뿐 아니라 장내의 모든 마두들이 무림맹과 어떻게 싸워 나갈지 궁금해하고 있었다.

사실은 오늘쯤 혼마 창이 나타나 향후 있을 정사대전의 계획을 말해줄 시기였다.

"여기서 그런 일을 논의할 수는 없고… 맹주께서 대회합에 모인 형제들에게 맹주로서 한마디 하시고, 향후의 계획은 맹주전에 들어가서 논의합시다."

적월이 말했다.

"사제의 말이 맞는 것 같소. 수천 명이 보는 앞에서 그런 논의를 할 수 없으니."

막초가 얼른 이 자리를 파하고 싶은지 적월의 말에 동의했다.

그러자 후금이 고개를 끄떡였다.

"알겠소이다. 그럼… 내 마도의 형제들에게 한마디 하고 난 후 맹주전으로 가십시다."

후금의 단 위의 마두들을 돌아보며 말했다.

마두들은 저마다 고개를 끄떡여 후금의 말에 동의했다.

잠시 후 맹주로 공인되어 한결 기분이 좋아진 후금이 단의 모서리 부근으로 걸어와 단 아래 모인 수천 마인들 앞에 우뚝 섰다.

그러고는 심호흡을 한 번 크게 한 후 으르렁거리는 사자의 목소리를 토해내기 시작했다.

"마도의 형제들. 혼마 님의 지목을 받아 새로 마맹의 맹주를 맡게 된 구중천의 후금이오!"

후금이 도도한 목소리로 자신의 존재를 알렸다.

우우우!

후금의 외침에 호응해 낮고 굵은 기괴한 함성들이 상천곡을 가득 채웠다. 멀리 퍼져 나가지 않는 목소리, 한껏 응축된 마기를 담은 외침이 그렇다고 후금에 대한 비난을 의미하지는 않는다.

마도의 이 낮고 굵은 함성은 마도인에게는 최고의 찬사라고 할 수 있었다.

이 함성을 들은 자, 마도 역사상 얼마나 될 것인가.

가까이는 혼마 창이나 천마 파웅 정도만이 들은 함성이다.

후금의 표정에 만족함이 감돌았다.

"형제들! 우리 마도는 과거 정사대전에서 궤멸적인 타격을 입었소. 이후 이십여 년, 우리는 천하 각지의 변방에서 뼈를 깎는 고통을 참으며 다시 세력을 일궜고, 혼마 님의 지도 아래 마맹으로 뭉쳤소."

우우우!

다시 기괴한 함성이 상천곡을 채운다.

그러자 후금이 손을 들어 마인들을 진정시켰다.

"마맹은 무림맹에 비해 약하오. 하지만 또한 강하오. 세력으로는 약할지 모르지만 복수에 대한 절실함, 그리고 하나로서의 단결심… 그 두 가지의 힘으로 무림맹과의 싸움에서 승리할 것이오."

우우우!

겨우 진정시킨 마인들의 함성이 다시 터져 나왔다.

그리고 이번에는 후금도 충분히 그 함성의 여운을 즐겼다.

한동안 이어지던 함성이 잦아들자 후금이 다시 입을 열었다.

"저들은 이십 년 동안의 평화 속에서 자만심에 물들었고, 우린 어둠과 차가운 광야에서 날카롭게 칼을 갈았소. 또한 우리에겐 천하제일의 현자이신 혼마 님이 있소. 혼마 님의 계획에 따라 광야에서 갈아온 형제들의 날카로운 검이 움직이면 반드시 천하를 다시 우리 손에 넣을 수 있을 것이오. 이 후금! 무굴산의 정상에 마도의 깃발을 꽂을 때까지 맹주로서 분골쇄신할 것을 맹세하오. 형제들도 날 믿고 마맹에 충성을 다해주시길 바라겠소."

우우우!

"맹주 만세……!"

함성에 더해 구중천의 마인들은 후금에게 만세를 외쳐댔다.

물론 다른 문파의 마인들은 그런 구중천 마인들의 만세의 외침에는 동조하지 않았지만 후금으로서는 어쨌든 기분이 좋았다.

죽음 일보 직전에 살아나 마맹의 맹주 자리까지 차지했다. 생각해 보면 꿈같은 일이지만, 결코 꿈이 아니었다.

그의 시선이 자연스럽게 적월에게로 향했다.

적월이 가볍게 고개를 끄떡여 모든 일이 계획대로 되었음에 만족함을 표시했다.

그러자 후금이 다시 입을 열었다.

"형제들, 짧은 회합이었지만, 오늘의 이 회합은 마도의 역사에, 아니, 무림의 역사에 영원히 기록될 것이오. 이제 각자의 거처로 돌아가 수뇌부의 결정을 기다려 주시오. 각 문파 수뇌분들의 회합이 끝나면 그땐 무림맹을 향해, 천하를 향해 우리의 힘을 보여주게 될 것이오."

우우우!

다시 무거운 함성이 터져 나왔다.

그 함성을 충분히 즐긴 후, 후금이 여전히 계속되는 함성을 뒤로하고 몸을 돌려 단의 중앙으로 걸어왔다.

그러고는 마치 정말 자신의 힘으로 마맹의 맹주가 된 사람처럼 단 위의 마두들에게 말했다.

"자, 모두 맹주전으로 갑시다. 오늘 밤 맹주전에서 밤을 새워 본 맹의 행보를 결정합시다."

*   *   *

열여섯 개의 의자가 놓인 원형의 탁자, 그 안쪽으로 다시 일곱 개의 검은색 태사의가 탁자보다 조금 높은 위치에 자리 잡고 있다.

무림의 역사를 아는 자라면 이 의자들의 배치만 보아도 어떤 의미를 지닌 곳인지 능히 짐작할 수 있다.

물론 지금은 그 의자들을 모두 채울 사람이 없지만.

칠마는 사라졌고, 십육마문의 명맥을 제대로 유지하는 문파도 열 개 남짓이다.

그럼에도 불구하고 혼마 창은 마맹의 맹주전에 이런 공간을 만들었다.

의도는 명확했다.

마맹이 칠마와 십육마문의 유업을 잇는다는 것, 그건 곧 마맹이 마도 무림의 뿌리를 이어가는 곳이란 뜻이었다.

'물론 그런 이유만은 아니겠지.'

적월은 혼마 창이 이런 장소를 만든 데는 개인적인 이유도 있다고 생각했다.

혼마 창을 포함해 절대삼천은 자존심이 무척 강한 자들이다.

비록 놀이였다고 해도 혼마 창은 자신이 칠마의 난에서 정천에 패한 것을 수치로 생각하는 듯 보였다.

아마도 그래서 그는 이 공간을 마련했을 것이다.

와신상담까지는 아니더라도 이번 내기에서는 절대 정천에게 패하지 않겠다는 의지를 그 스스로 다질 수 있는 공간이었던 것이다.

'우스운 일이지. 그런 자가 지금 십이천문의 뇌옥에 갇혀 있으니. 그런데 그런 것도 재밌겠어. 정말 절대삼천을 모두 사로잡아서 진짜 바둑 내기를 벌이는 것… 놀이는 사람 목숨 가지고 하는 것이 아니라 바둑돌이나 장기판의 말을 가지고 하는 것이라는 걸 가르쳐 줄 수 있다면 좋겠지.'

천하를 바둑판, 장기판으로 여겼던 자들에게 그것만큼 좋은 교훈은 없을 것 같았다.

"자자, 모두 자리에 앉읍시다."

잠깐의 상념은 후금의 호탕한 목소리에 깨졌다.

적월이 걸음을 옮겨 열여섯 개의 의자 중 하나를 차지하고 앉았다.

의외의 선택이기는 했다.

본래 그의 자리는 원형의 탁자에 놓인 열여섯 개의 의자가 아니라, 그 위쪽, 칠마를 상징하는 일곱 개의 의자 중 하나여야 했다.

그는 혼마 창을 대신하는 신마령주. 당연히 칠마의 자리가 그의 자리였다.

그럼에도 불구하고 그가 십육마문을 상징하는 원형 탁자 앞의 열여섯 개 의자 중 하나에 앉은 것은, 십육마문 후예들의 반감을 사지 않기 위해서였다.

다행히 십육마문의 후예가 모두 있는 것은 아니어서 자리는 충분했다.

후금 역시 원탁에 놓인 의자에 앉았다.

그 역시 눈치가 빠른 자라 자신이 맹주가 된 것을 탐탁지 않게 생각하는 자들이 있기에 최대한 몸을 낮추려는 것이었다.

물론 그럼에도 불구하고 맹주가 된 이후 자신도 모르게 도도해진 그의 표정과 말투는 숨길 수 없었다.

"다시 한번 마도의 형제들께 감사드리오. 부족하나마 최선을 다해 마맹을 이끌어보겠소."

맹주전에 들어온 마두들이 각자 자리를 잡고 앉자 후금이 슬쩍 자리에서 일어나 포권을 해 보였다.

"혼마께서 천주를 택하셨으니 우리가 반대할 일은 아니오. 아무튼… 무림맹과의 싸움을 잘 이끌어주시오."

귀곡의 신수 위요금이 말했다.

정중한 부탁이지만 그 말속에는 당신이 잘나서 맹주가 된 것이 아니라는 의미도 포함되어 있었다.

물론 그런 생각을 읽지 못할 후금이 아니다.

하지만 그럼에도 후금은 부드러운 미소로 위요금을 대했다.

"하하하, 고맙소이다. 최선을 다하겠지만 그래도 역시 여러분의 도움이 절실히 필요한 일이오. 잘 도와주시구려."

"그래. 맹주께서는 향후 어떻게 무림맹과 싸워 나갈 생각이시오?"

위요금이 다그치는 빚쟁이처럼 물었다.

그러자 후금의 얼굴에서 웃음기가 사라졌다.

그렇다고 위요금에게 화가 난 것은 아니었다. 언급된 주제가 그만큼 중요하다는 의미였다.

"모두가 알다시피 내가 비록 마맹의 맹주가 되었다고 해도, 다른 무리의 우두머리와 같은 입장일 수는 없소. 본 맹은 각 파가 뜻을 같이하지만 하나의 세력으로 조직화된 것이 아니오. 또 여전히 본 맹의 실질적인 행보는 혼마 님의 계획에 따라 이뤄질 것이기 때문이오."

후금의 말에 마두들이 저마다 고개를 끄떡였다.

후금 스스로 자신의 처지를 정확하게 이해하고 있다는 생각에 위요금 등은 오히려 표정이 밝아지기도 했다.

"그럼 여전히 혼마 님과 연락이 가능한 상태신가요?"

군림성의 젊은 새 성주 여불이 물었다.

"그야 당연한 일 아니겠소? 여기 무영마 님께서 계신데."

"아……."

그제야 신마령주가 혼마 창의 제자라는 사실을 새삼스레 깨달은 여불이 자신의 미련함에 부끄러운 표정을 보였다.

"그래서 혼마 님께선 앞으로의 계획을 내려주셨나요?"

자운산장의 장주 추관혜가 적월에게 물었다.

그러나 적월이 덤덤한 목소리로 대답했다.

"뭐, 싸움의 방식이야 모두가 예상하고 있지 않소이까?"

적월이 되물었다.

"역시… 기습전뿐인가요?"

추관혜가 짐작하고 있었다는 듯 되물었다.

"전면전은… 무모한 일이오. 솔직하게 말하겠소. 사부께서는 새로운 정사대전의 목표가 예전과는 다르다고 하셨소."

"예전과 다르다면… 싸움의 목표는 당연히 승리 아닌가요? 그 이외에 어떤 목표가 있을 수 있나요?"

추관혜가 의아한 표정으로 물었다.

"싸움의 목표는 당연히 승리요. 하지만 정도의 차이가 있소. 무림맹을 완전히 멸절시키느냐, 아니면 그들이 마맹을 공존의 상대로 인정하고 무림독패를 포기하느냐. 뭐 그런 정도의 차이가 있지 않겠소?"

"그럼……?"

추관혜가 적월의 입으로 결론까지 확인하려는 듯 질문을 멈추지 않았다.

"생존… 지금 이 지경에 다른 것이 필요하오?"

적월이 짧게 대답했다.

무척 차갑고 냉정한 대답이지만 사실 모두가 인정할 수밖에 없는 대답이기도 했다.

무림맹과 마맹의 전력 차이는 생각보다 컸다.

이십 년간 천하를 지배한 무림맹의 전력은 무림 역사상 최고점에 이르렀다 할 만큼 강력했다.

그런 무림맹을 상대로 전면전을 벌여 승리를 쟁취하는 것은 거의 불가능했다.

사실 마맹이 결성되고, 마맹의 중원 진출이 실행된 이후 십육 마문의 후예들은 늘 강력한 무림맹의 전력에 두려움을 느끼고 있었다.

그런 현실을 적월이 가감 없이 입에 올린 것이다.

"혼마 님의 생각이 현실적인 듯하오. 사실 난 혼마 님께서 전면전을 결정하실까 봐 조금 걱정하고 있었소이다."

묘한 인상의 노인이 입을 열었다.

적월은 이미 밖에 있을 때 그를 알아봤다.

'간악한 자……'

적월이 노인을 처음 봤을 때 느꼈던 분노를 다시 떠올렸다.

무림맹, 그중에서도 특히 남궁세가의 추격을 받고 있는 음양교의 인왕 홍광이 어느새 마맹의 본거지 상천곡에 들어와 있던 것이다.

아마도 그로서는 때마침 마맹의 중원 진출이 구원의 빛이었을 것이다. 북화문에서의 실패 이후 과거의 오욕을 씻어내려는 남궁세가의 추격이 맹렬했기 때문이었다.

만약 마맹의 중원 진출이 없었다면, 그는 아마도 지금쯤 남궁세가 검객들의 칼 아래 차가운 시신이 되었거나, 혹은 사람이 살 수 없는 먼 오지로 도주했을 것이다.

그러나 마맹의 그늘에 숨은 이후 그는 중원에서 여전히 음양교의 교주로 적잖은 권력을 누리며 살고 있었다.

"교주께서야 반가운 일이시겠지요. 일신의 안위가 보장되는 방식이니……."

홍광이 못마땅한 것은 적월만이 아닌 모양이었다.

홍광에 대한 비웃음이 깃든 목소리가 들렸다.

적월이 시선을 돌리자 살기 가득한 초로의 사내가 적의를 담은 눈으로 홍광을 바라보고 있었다.

비록 직접 인사를 나누지 않았지만 적월은 사내가 누군지 알고 있었다.

탈혼문의 새로운 문주 천살 범차, 그는 그의 형인 범잔이 음양교의 인왕 홍광을 도와 북화문을 탈취하는 것을 돕다 죽은 이후 새롭게 탈혼문의 살수들을 규합해 새 문주가 되었다.

이후 그는 음양교와의 관계를 완전히 단절해 버렸는데, 그의 형 범잔의 죽음이 홍광 때문이라 생각하기 때문이었다.

"말에 뼈가 있군."

홍광이 씁쓸한 표정으로 범차를 보며 말했다.

"뭐… 느낀 대로 말한 것뿐이지요."

"후우… 자네 형님의 일은 나도 안타깝네. 하지만 당시로서는 어쩔 수 없는 상황이었네. 그러니 나에 대한 화는 그만 푸시게. 그리고 더 이상 날 모욕하는 행동도 그만하시게. 이젠 나도 참기 어려우니."

홍광이 마지막 말을 하면서 범차를 쏘아봤다. 그의 눈에서 차가운 한기가 뻗어 나와 범차의 미간을 관통하는 듯했다.

그러나 범차는 전혀 기가 죽지 않았다.

"후후후, 교주님의 고언 꼭 기억하지요. 물론 지난 과거의 일역시 잊지 않을 겁니다. 다만 오늘은 마맹의 향후 행로를 논의하는 자리는 이쯤에서 입을 다물지요."

범차가 끝까지 홍광의 속을 긁어대는 말을 하고는 홍광에게서 시선을 돌려 버렸다.

그러자 홍광이 화를 참지 못하고 다시 입을 열려는데 후금이 손을 들어 홍광을 제지했다.

"자자, 그만들 하시구려. 우리가 비록 마맹으로 뭉쳤다고는 하나, 과거를 돌아보면 서로에게 도검을 겨눈 일이 어디 한둘이었소? 그러나 그런 은원을 이곳까지 끌어들이면 마맹은 곧 와해되고 말 것이오. 일단 마맹을 결성한 우리의 목표를 이룬 후에⋯ 그 이후에 각자의 은원은 풀도록 합시다."

"맞는 말씀입니다. 모두 맹주님의 말씀대로 하십시다."

군림성주 여불이 얼른 후금의 말을 거들었다.

그러자 홍광도 더 이상 범차에게 화를 내지 못하고 죽일 듯한 시선으로 범차를 노려보는 것으로 작은 분쟁을 끝냈다.

갑자기 달아올랐던 분위기가 어색하게 가라앉자, 장내에 잠시 침묵이 이어졌다.

그리고 당연하게 그 침묵을 후금이 깼다.

"싸움의 목표는 정해졌고, 문제는 방법이외다. 무영마께선 혼마 님께 달리 들은 말씀이 있으신지⋯⋯?"

후금이 적월을 보며 물었다.

손안에 들어온 마맹을 어찌 굴려갈지 적월의 내심이 정말 궁금하기도 했다.

그러자 적월이 애초에 마맹에 들어올 때부터 생각해 두었던 말을 꺼냈다.

"사부께서는 이 싸움에서 마맹이 승리하려면 반드시 한 가지 원칙을 지켜야 한다고 하셨소."

"그게 무엇이오?"

후금이 물었다.

"우리는 하나로 있고, 적은 분산시켜라. 이 원칙이오. 마맹과 무림맹 양쪽이 모든 전력을 하나로 모아 대결하면 우린 절대 무림맹의 적수가 될 수 없소. 그러니 우리는 하나의 전력을 유지하고, 무림맹은 각 문파, 혹은 지역별로 전력이 분산되게 만들라는 것이오. 이후 분산된 무림맹 각 파의 연결 고리를 끊으면서 싸우게 되면 반드시 무림맹도 이 싸움에서 손을 들게 될 거라 하셨소."

"음… 그렇게만 된다면야 가장 좋겠지만 이미 무림맹이 마맹을 상대하기 위해 무굴산의 몸집을 서너 배로 키웠는데 어떻게 저들의 전력을 분산시킨다는 말이오?"

이번에는 위요금이 적월에게 물었다.

그러자 적월이 비릿한 미소를 지으며 대답했다.

"답은 이미 나와 있지 않소이까? 그리고 모두 두 눈으로 보셨고 말이오. 화산이 바로 그 방법이오. 화산의 상청궁이 불탄 이후 화산파의 행보가 어떠하오?"

"아……! 그렇구려. 무림맹 조직을 공격하는 것이 아니라 명문이라는 자들 본거지 몇 곳을 공격하면 각 파는 무림맹에 파견한 자파의 고수들을 불러들이려 하겠구려. 화산이 그러했듯……."

후금이 얼른 적월의 생각에 동의했다.

상청궁이 불탄 이후 화산은 무림맹에 파견한 고수의 숫자를 절반으로 줄인 상태였다.

물론 무림맹에서도 화산의 상황을 이해하고 순순히 화산파의 고수들이 화산으로 돌아가는 것을 수긍했다.

그런데 그런 일이 화산만이 아닌 여러 개의 문파에서 발생한다면 결국 무굴산 무림맹의 전력을 크게 약화할 것이 분명했다.

적월이 혼마 창의 계책이란 이름으로 내놓은 이 방법은 이미 그 효과가 증명된 것이어서 마맹 마두들도 대부분 만족한 모습이었다.

"그럼 역시… 마해류가 중요하겠군요. 무림맹에 속한 각 파의 사정을 세세히 알아야 할 테니까요."

오랜 침묵 끝에 빙궁의 궁주 초설로가 적월을 보며 말했다.

그러자 적월이 의미심장한 표정으로 대답했다.

"물론이오. 배신자를 찾는 것도 중요하지만, 마해류는 이 싸움을 승리로 이끄는 열쇠가 될 것이기에 사부께서도 마해류를 내게 맡기려 한 것이오. 마해류가 제대로 작동된다면 천하에 찾지 못할 사람이 없고, 알지 못할 일이 없을 테니 말이오."

다시 말해 초설로가 요구한 홍림괴의 사반수를 찾는 일 역시 가능할 거란 뜻이다.

적월의 말뜻을 알아들은 초설로가 천천히 고개를 끄떡였다. 적월의 말에 믿음이 가는 모양이었다.

그러자 후금이 호기롭게 소리쳤다.

"자, 큰 그림은 그려졌으니 이제부터 세세한 계획을 한번 세워
봅시다. 어느 놈들부터 후려잡을지… 흐흐흐……."

『십이천문』 12권에 계속…